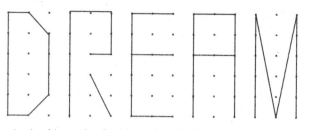

少年梦·青春梦·中国梦：中国故事

红鬃马

申平 著

江西高校出版社
JIANGXI UNIVERSITIES AND COLLEGES PRESS

图书在版编目（CIP）数据

红鬃马/申平著. —南昌：江西高校出版社，2014.6（2017.5 重印）

（少年梦·青春梦·中国梦：中国故事 / 尚振山主编）

ISBN 978-7-5493-2570-2

Ⅰ.①红… Ⅱ.①申… Ⅲ.①故事—作品集—中国—当代 Ⅳ.①I247.8

中国版本图书馆 CIP 数据核字（2014）第 115938 号

出 版 发 行	江西高校出版社
社 　 　 址	江西省南昌市洪都北大道 96 号
邮 政 编 码	330046
编 辑 电 话	（0791）88170528
销 售 电 话	（0791）88170198
网 　 　 址	www.juacp.com
印 　 　 刷	北京一鑫印务有限公司
照 　 　 排	麒麟传媒
经 　 　 销	各地新华书店
开 　 　 本	710mm×1000mm　1/16
印 　 　 张	12.5
字 　 　 数	179 千字
版 　 　 次	2014 年 7 月第 1 版
	2017 年 5 月第 2 次印刷
书 　 　 号	ISBN 978-7-5493-2570-2
定 　 　 价	25.00 元

赣版权登字-07-2014-269

[目录]

动物传奇三记 　　　　　　　 001

战马火龙驹 　　　　　　　　 008

头　羊 　　　　　　　　　　 011

红鬃马 　　　　　　　　　　 014

砍头王 　　　　　　　　　　 016

作家的父亲 　　　　　　　　 019

作家的母亲 　　　　　　　　 021

母亲的守望 　　　　　　　　 024

记忆力 　　　　　　　　　　 026

兽　戏 　　　　　　　　　　 029

通　灵 　　　　　　　　　　 032

怪　兽 　　　　　　　　　　 034

草　龙　　　　　　　　　　　　　　　036

大力王　　　　　　　　　　　　　　039

清　淤　　　　　　　　　　　　　　042

绝　技　　　　　　　　　　　　　　045

哥们儿好似并蒂莲　　　　　　　　　048

浪子回头　　　　　　　　　　　　　051

二倔子轶事　　　　　　　　　　　　054

一　生　　　　　　　　　　　　　　056

月白丈人　　　　　　　　　　　　　058

浪漫情人节　　　　　　　　　　　　060

妻的心态　　　　　　　　　　　　　063

规　矩　　　　　　　　　　　　　　065

饼　干　　　　　　　　　　　　　　067

县长打包　　　　　　　　　　　　　070

"赛福兰"　　　　　　　　　　　　072

故乡人物二题　　　　　　　　　　　075

奇人三题　　　　　　　　　　　　　080

臭　脚　　　　　　　　　　　　　　086

放驴小子　　　　　　　　　　　　　089

团长的死与我有关　　　　　　　　　092

农场那头公猪　　　　　　　　　　　095

黑牡丹　白牡丹　　　　　　　　　　098

草药三题　　　　　　　　　　　　　101

咯咯逗　　　　　　　　　　　　　　108

将军与母老虎　　　　　　　　　　　111

两条狗的爱情及其结局　　　　　　　114

白　狼　　　　　　　　　　　　　　118

猎　豹　　　　　　　　　　　　　　121

白狗精　　　　　　　　　124

绝壁上的青羊　　　　　　127

草原百灵　　　　　　　　130

成仙记　　　　　　　　　133

飞　龙　　　　　　　　　136

无神论者　　　　　　　　139

一窝小鸟　　　　　　　　141

狗　宝　　　　　　　　　144

狗　患　　　　　　　　　147

关门打鼠　　　　　　　　149

再战老鼠　　　　　　　　152

狐　心　　　　　　　　　154

怀念牛　　　　　　　　　157

浪漫和恐怖之夜　　　　　160

狼　涎　　　　　　　　　163

狼　财　　　　　　　　　166

人　威　　　　　　　　　169

猎　神　　　　　　　　　172

猎　兔　　　　　　　　　175

女大学生宿舍的虱子　　　178

去找战马墓　　　　　　　181

人王　虎王　　　　　　　184

动物传奇三记

猫　王

儿时，记得邻居许六指家里养了一只大黑猫。这猫个头大，毛色纯，两眼放光，逮起老鼠来快如疾风闪电。自从许家养了它，我们前后左右的住户就再也没有受过老鼠的骚扰。

许六指本来是个上不得台面的人物，但自从他家有了这只猫，他的腰杆似乎渐渐挺直起来，说话调门比过去提高了八度。他动不动就抱着他的大黑猫满村乱转，逢人便显摆："看见没有，我的这只猫，它就是猫王啊！"

大黑猫也似乎很高兴这种炫耀，每到这时，它便眯缝起眼睛，惬意地躺在主人怀里撒懒。如果别人上前来摸它，它便竖起黑毛发个虎威，把人吓上一老跳。大家便说："唔，还真是个猫王呢！"

许六指的脸上就格外有光，跨步也格外高远，连他手上多出来的那个小指头，也似乎成为旗帜在骄傲地飘动。

但是这年，猫王却受到了严酷的挑战。

那时村里还有碾房，每天都有人到碾房里来碾米磨面，当然免不了留下一些米渣面屑，便有一窝老鼠搬进碾房住了。每当夜深人静，这里就成了老鼠的乐园。最可恶的是老鼠往碾盘上拉屎撒尿，搞得里头臭气熏天。

便有人带猫来捕鼠。但不知为什么，所有的猫都不敢在碾房里停留，只要人一离开，它们就会立刻从窗上逃之夭夭。

这真是怪了事了，邪了门了，人们便不约而同来找许六指，请他的猫王出山。许六指啪啪拍着胸脯，威风凛凛抱着他的大黑猫来到了碾房。大黑猫果然不凡，居然不躲不逃，它东闻西嗅，最后在风车旁蹲伏下来。

半夜的时候，有人听见碾房里猫吼鼠鸣，稀里哗啦似有打斗之声。天亮以后，许六指看见大黑猫浑身是伤，正蹲在他家灶前发抖。许六指一边给它上药疗伤，一边心疼得掉眼泪，他嘴里不住骂着："这一定是撞见鬼了。"他拎着大木棒去碾房寻找，但见里面一片狼藉。他想了半天，也弄不明白这到底发生了什么事。

碾房里的老鼠从此更猖獗了。

大黑猫养了几天伤，这天白天它竟自己跑到碾房里来。看见的人把门关上，屏了气息趴在门缝上往里看，但见碾盘下的一个洞里有一只小老鼠溜出来。大黑猫"嗖"的一下扑上来，一口咬住小老鼠。小老鼠吱吱一叫，立刻从洞里冲出一只红毛大老鼠来。这红毛老鼠，个头比大黑猫也小不了多少。它冲上来，对准大黑猫的尾巴狠狠就是一口。大黑猫一声惨叫，立刻松了口，小老鼠掉在地上。红毛老鼠上前一口叼住小老鼠，一闪身就钻进了洞里。

大黑猫冲着老鼠洞叫了几声，舔了舔受伤的尾巴，居然过来挠门，它撤退了。当天，猫王被耗子精打败的消息便传遍了全村。不但许六指觉得脸上无光，所有的人都觉得很丢人。此后大家想了许多办法来捉红毛老鼠，但都没有成功。

几天以后，大黑猫忽然失踪了。大家说："它肯定是给耗子精吓破了胆，上山躲起来了。"许六指一下子变得萎靡不振，腰杆重新弯了下去。

大约过了二十多天，大黑猫忽然又回来了，它浑身是土，好像走了很远的路。最奇的是它竟带回一只瘦狸猫来。那猫比大黑猫个头小了许多，毛也脏兮兮的，唯有一双眼睛虎虎有神。

大黑猫一进家，就跑到猫食碗旁喵喵叫。许六指赶紧给它弄吃的，但它不吃，却闪身让那瘦狸猫吃。瘦狸猫也不客气，一口气吃饱了，这时大黑猫才肯上前进食。

两只猫趴在炕上眯了一会，就相跟着出了门，一直朝碾房走来。许六指知道有戏，就悄悄跟在后面。正是晌午，碾房里静静的没有人。大黑猫走到老鼠洞前，冲里面喵喵叫了几声，那红毛老鼠竟嗖的就蹿了出来。大黑猫绕着碾道便跑，红毛老鼠便在后面追。追着追着，突见半空里好像划过一道闪电，藏在一边的瘦狸猫凌空跃起，准确地落下，一口便咬住了红毛老鼠的脖子。红毛老鼠吱吱猛叫，拼命挣扎，但瘦狸猫紧紧咬住就是不松口。这时鼠洞里又有老鼠跑出来救援，却被大黑猫一口一个咬死一片。

过了一会，红毛老鼠终于不动了，瘦狸猫这才松了口。许六指等人赶紧冲进来用脚踩，这才看见红毛老鼠被咬断了咽喉，气绝而亡。

当下全村都轰动了，人们纷纷跑来看耗子精，又跑到许六指家去看两只猫。但它们趴在炕上，一直睡了一天一夜。

两只猫终于醒了，许六指赶快把它们咬死的老鼠拿给它们吃，他看见大黑猫对瘦狸猫仍是礼让有加，又是等它吃饱了才肯动口。

随后，两只猫相对喵喵而叫，好像在告别。许六指立即关门关窗，他想把瘦狸猫留下来。他嘴里念着："好猫，看样子你才是真的猫王呀，你就留在我家吧，我会好好待你呀！"

许六指伸手去摸瘦狸猫，却不料那猫呜地一个虎威，将许六指吓得一趔趄。许六指还不甘心，又拿一条小鱼去引它，想乘机把它抱住，再用绳子把它拴起来，没想到那猫一跃而起，一爪将他的脑门抓出一条血印。而且它就以许六指的脑门为跳板，飞身向窗子撞去，"砰"的一声撞出一个窟窿，等许六指出来一看，瘦狸猫早已不知去向。

大黑猫也随后跑了出去，从此再也没有回来。

许六指难过一阵以后又恢复了神气，他动不动就指着脑门上的伤疤说："看见没有，这是让真正的猫王给抓的。"

奇　猪

奇猪的故事发生在二扁头家。

二扁头家曾经很穷，穷得连头小猪都买不起。所以他家一年四季都没有肉吃。

后来，老张家的老母猪下了一窝猪崽，数了数，有十三头之多。其中有只小垫窝——最先出生的那只小猪，眼看就活不下去了。这是因为小垫窝一般都比较弱小，抢不上奶吃，所以往往很难存活——不过是出来给人家垫窝的嘛。老张头看看不行，就要把它扔掉，这时偏偏遇见了二扁头。

简言之，二扁头得到了这头小猪。他如获至宝，回到家里先是用米汤来喂它，接着用他家的饭菜喂它，这只小垫窝竟然活下来了。

从此，二扁头便有了件好营生，就是每天去放猪和割猪草。十五六岁的二扁头一说上学就头疼，一说放猪就眉开眼笑。他勤奋养猪，从不偷懒。

不但是二扁头，他家所有的人都把这头猪当祖宗一样供着，有谁不小心打了他家的猪一下，他们会全家上阵跟你干仗。所以村里人都说："这猪肯定是他家的老祖先转世。"

这猪却也真争气，它就如被雨露滋润的禾苗一般，一天一天蓬勃生长，转眼到了该骟它的时候。兽医请来了，猪也抓住了，可当二扁头看见兽医掏出家伙要在猪身上动刀子的时候，他说啥也不干了，哭着喊着骂兽医要害他的猪，气得兽医立刻收起家什走人了。

这猪躲过一劫，更是气吹一般成长，只一年的工夫，它便长成了一头威猛高大的种公猪。而且这家伙野性十足，见了母猪就追，见了公猪就咬，俨然是个霸王。

很快，就有人赶着母猪，来二扁头家配种。配种当然不是白配的，有的给物，有的给钱，二扁头家的日子从此居然有了起色。他一家人更是拿猪当宝贝了。

这猪边配种边继续成长，最后竟长得像小象一般大小。它性情凶猛，霸气十足，一旦有生人靠近它，它便发出雷鸣般的咆哮声，让人不寒而栗。但它对二扁头家的人却是温柔无比，特别是对二扁头更亲，没事的时候，二扁头可以骑着它在村里炫耀。

这猪配种的功夫也炉火纯青，没几年时间，我们这儿的十里八村到处都可以看到它后代的身影，而且一律长得水水灵灵。

若不是二扁头要去当兵，人们还不知道这猪居然有那样超凡绝伦的"义"和笑傲江湖的本事。

二扁头要走那天，在猪圈里跟猪说了半宿的话。他告诉种猪："我要走了，你在家要听话，我会想你的。"二扁头后来对人说，种猪好像听懂了他的话，它咬住他的裤脚不放，眼里还掉下了眼泪哩。

二扁头走了半年以后，有一天他家的种猪突然失踪了。一家人村里村外、山上山下地找，却连根猪毛都没找到。村人就说："肯定是让山牲口吃了。"为此，他家里人大哭一场，好像死了爹妈一样难过。

奇的是两个月以后，二扁头来信了，他告诉家里人，种猪跑到他那里去了。

简直就是天方夜谭，二扁头的部队驻在八百公里外的市郊。这猪又不是人，又不认得路，它又没法向人问路，它是怎么找去的呢？一村的人都表示不相信。

但二扁头在信中说，这是千真万确的。现在，种猪就在部队猪圈里养着呢。而且因为这件奇事，他已经荣升为养猪班的班长了。

后来，二扁头又寄来他和种猪在一起的照片，村里人才不得不相信了。都说这猪分明成了精了。

又过了半年，二扁头又来信了。他说种猪又在部队失踪了，估计它是想家了，回去了。二扁头家里人就扳着指头算着等着，过了两个多月，种猪果然真的走了回来。

全村人都跑去看稀罕，二扁头家里人更是乐得手舞足蹈，说这猪真是神猪。再看那猪，瘦骨嶙峋的，身上还有不少伤痕，显然它在路上经历不凡。但到底它都经历了什么，它在哪儿吃，在哪儿睡，从什么路上走，这一切人们都无从知道。反正八百公里的路，它竟自己走了个来回。

从此二扁头家更是把它当祖宗一样养着，直到它老死，也没舍得吃它一口肉。

狼　精

大概在二十世纪七十年代以前，我们这一带还经常闹狼灾。村里动不动就有家畜神秘失踪。记得那时生产队的羊圈大墙的周围都朝外压着荆棘，羊倌上山放羊，身上都背着洋炮，准备随时和狼开战。

有一阵子，传说山里出了狼精，说它能化成人形闹鬼，十分恐怖。传说经人不断加工，最后变成了这样一个故事：山里有个伐木工棚，住着几个工人，这天晚上他们包饺子吃。忽听外面有人敲门，一看是个抱着孩子的妇女。妇女进来把孩子放在炕上，说："各位大哥，我来帮你们包饺子吧。"工人们想，这深山野谷的，黑灯瞎火哪儿来的女人和孩子。但又不好意思盘问，也就让她帮着包。包完了，她又主动去厨房煮饺子。这时一个工人忽然看见她一边往锅里下饺子，一边还不断把生饺子放进嘴里。再往下一看，天哪，裤脚下面隐隐露出了一截尾巴。工人们拿起大斧，进屋就劈，那妇女一声嗥叫，两眼放出蓝光，吓得工人往后一退，它立刻四脚着地冲了出去，它身上的衣服片片飘落，仔细一看都是树叶。大家忽然想起炕上还有个孩子，立刻冲进屋里，但见那孩子忽然化成一只野鸡，扑棱棱地飞了出去……

这故事越传越广，越传越玄，而且还不断有续集创作出来，一时使我们这一带人人谈狼色变，天一黑，家家关门闭户，任谁叫门也不开，生怕狼精变人前来闹事。

那一阵子，山上的狼也真的多了起来，有时青天白日的，也能看见狼的身影。为了消除狼患，公社成立了打狼队，专门配了一台军用中吉普和一挺轻机枪，另外每人还配了长枪短枪。公社武装部的齐部长亲任队长，带着几个人驱车进山，去向狼精和狼群宣战。

没想到他们进山第一天就和狼精遭遇了。那家伙虽未化成人形，却真的是非常狡猾。车正在山上颠簸行驶，远远看见前面的草丛里有一只狼在慢慢前行。看见车来，它并不惊惶，甚至还像人一样站起来看。齐部长立刻操起长枪瞄准，"砰"的一声，那狼应声栽倒。

汽车很快开到了狼栽倒的地方，大家透过车窗往外看，却不见有狼。齐部长说声"怪了"，推开车门下来察看，却听见啪的一声，车顶上有只狼爪伸出，在他的头上重重地抓了一下，他的帽子立刻飞了，头上出现几条血痕，等到大家反应过来，车顶上和四周哪里还有狼的影子。

这显然是个下马威，齐部长用纱布把脑袋包了一包，骂道："老子就不信你这个邪！"他命令汽车继续上路。

打狼队在山里转了三天，却再也没有见到狼的踪影。这天他们老早出发，终于发现前面有一群狼在行走，他们立刻开足马力追了上去。

群狼看见汽车，立刻狂奔起来，却有一条老狼故意落在后面，好像在掩护群狼逃跑。齐部长说："我看这狼就是那个狼精，大家一起瞄准，坚决打死它。"

三支枪一起瞄准，砰砰砰三声，狼精又栽倒了。他们开车过去，看清它还卧在那里，身上在流血，就端着机枪下了车。还不等他们站稳，就见那狼精一跃而起，疯狂地朝他们几人扑来。他们几个急忙闪身，举枪欲打，却见那家伙"嗖"地一下钻进了汽车里，而且砰的一声关上了车门。

这一下几个人傻了眼，他们想往汽车里开枪，却怕打坏汽车，不开枪吧，狼又在里面。正在犹豫，却见车子向前滑行起来。

原来汽车没有熄火，狼在里面左刨右蹬，不知怎么踩中了油门。车子越滑越快，直向一边的悬崖冲去，齐部长大喊："快向车胎开枪。"但是已经来不及了，车子和狼一起顺崖而下，直摔进了深谷里。

几个人费了很大的劲才下到谷底，一看汽车已经摔烂，气得他们对准狼精一阵猛烈扫射，把它的身体打成了筛子眼，但是在心里感觉到底还是输了。

狼精的故事从此传得更邪乎了。

战马火龙驹

　　战争结束了。骑兵团开始解散。那些曾几何时驰骋疆场，立下过"汗马功劳"的战马，突然面临着一场悲剧命运。

　　随着一批批官兵的复员转业，部队也开始处理战马。每有一批人走，都会出现人马生离死别的一幕，那些在战场上铁骨铮铮的汉子们，一个个抱着马脖子哭得昏天黑地。但哭归哭，他们任何人也无法把心爱的战马带走。而且往往他们前脚走，后脚那匹马就被地方上的人牵走了。有的去拉车，有的去犁田，有的甚至被屠宰。

　　马厩里的战马越来越少了。最后，只剩下了团长的那匹火龙驹，它每天孤零零地在那里发出阵阵让人揪心的嘶鸣。

　　团长的这匹战马可真是一匹好马。它全身赤红，不带一根杂毛，它腰身长，鼻孔大，四蹄犹如小碗，站在那里，犹自威风凛凛，跑动起来，快如疾风闪电。团长和战士们叫它火龙驹，一直认为它肯定是条赤龙转世。

　　大凡战马，都能粗通人意，这匹火龙驹就更胜一筹。在战场上，火龙驹特别清楚自己所在的位置和所担负的责任，每当枪炮一响，它都会长嘶一声，准确地按照团长的意图，带领队伍冲锋陷阵。火龙驹还似乎懂得躲避枪弹。经历那么多的战役，它和团长居然都毫发未损。

　　这些天，已办完转业手续的团长一直在为火龙驹的归宿奔忙。开头他想把它带走，但他要去的地方实在太遥远了，带一匹马谈何容易。接着，他就到处奔波，要为火龙驹寻找一个最合适的新主人。

这几天晚上，团长几乎都在马厩里陪着火龙驹过夜。他给火龙驹带来许多好吃的东西，自己也会带来酒菜，他一边喝酒，一边和火龙驹说话。喝得差不多了，火龙驹就会卧下来，团长靠在它的身上，开始哼唱一些战歌，唱着唱着，人和马都会泪流满面。然后他们就沉沉睡去。

分别的时候终于来到了。这天，团长从外面带着一个人进来，他们站在火龙驹面前，用不同的眼神看着火龙驹。那人说："好马好马！真是好马！"团长就说："你一定要把它照顾好。我会每月寄钱给你的。"两人正说着，冷不防火龙驹突然变得暴躁不安，它长嘶一声，转过身来，连尥两个蹶子，把团长和那个人都踢出几丈开外。

团长爬起来大声吼："火龙驹，你疯了！"

那马好像真的疯了，它咆哮如雷，"砰"的一声挣断缰绳，闪电一样冲出马厩，向外飞一样跑去。

团长无论如何也没有想到，他和火龙驹的分别竟会是这样的场面。

且说火龙驹冲出马厩，一路嘶鸣冲过附近的村庄。在这些村庄中，也有沦为"奴隶"的它的"战友"。这些战马听见火龙驹的叫声，立刻像战士接到命令一样，纷纷挣断缰绳和枷锁，跟随火龙驹向前冲去。火龙驹身后的战马越来越多，最后浩浩荡荡竟有三四十匹。

马群在人们惊愕的目光中穿过田野，跑进了山里。从此，山中出现了一群野马，首领便是火龙驹。这群野马行动统一，纪律严明，连山中的豺狼虎豹都不敢轻易惹它们。有人说曾亲眼看见过马群和狼群打架，在火龙驹的带领下，马群进退有序，最后打得狼群大败而逃。

山中的野马群名气越来越大了。

便有人打起了马群的主意，特别是那些失去马匹的人家，还是想把战马捉回来拉车犁地。他们开始三五成群地进山套马，但每一次都被火龙驹识破诡计，他们要么看不到一根马毛，要么就眼睁睁看着马群绝尘而去。

终于有人想出了一条妙计。这一天，许多人一齐进山，他们带着一些鞭炮，还有一把军号。他们经过一番精心部署，便开始了行动。霎时间，军号声滴滴答答地响起来，鞭炮声炒豆子般响起来，山林间一时热闹起来，真像打仗一样。

一阵惊雷般的声音由远及近，烟尘腾起，马群风驰电掣般驰来。冲在最前面的，正是高昂头颅的火龙驹。但见它四蹄翻飞，快如流星，仿佛一眨眼间，它和马群已到了面前。

火龙驹带着马群冲过来，它朝着"枪炮"和号声冲来，它们在鞭炮造成的烟雾里往来奔突，高声嘶鸣，显得兴奋异常。但很快，火龙驹就似乎明白过来，它长叫一声，带着马群调头就跑。但已经晚了，许多埋伏着的人呐喊着冲过来，他们把马群朝两个方向赶去：一面是出山的路，一面则是悬崖。情急之下，火龙驹带着马群朝着山外跑了一段，突听得轰隆隆一阵响，一些马匹掉进了人们挖好的陷坑里。火龙驹大叫一声，带着马群义无反顾地冲向了悬崖。

人群号叫着从后面追了上来。

离悬崖越来越近了，火龙驹放慢了脚步，终于在悬崖边上停了下来。马们纷纷转过身来，看着渐渐逼近的人群。

那些人有的拿着套马杆，有的拿着马笼头，但每个人手里都拿着一把青草，他们挥舞着青草喊叫着，条条喉咙都在传递着友好的信息。

随着一声长长的悲鸣，火龙驹前腿举起，像人那样站立起来，它望着逼近的人群，仿佛在猜测着人们的诚意。但终于，它从人们带着的缰绳上看到了马群的未来。

火龙驹又是一声悲鸣，忽然将身子一纵，就如一道红色的闪电，直扑下悬崖去了。接下来的场面异常壮烈，惨不忍睹。战马一匹接着一匹，随着声声悲鸣不断扑下悬崖……

人们停止了追击，目瞪口呆地看着，颗颗充满占有欲望的灵魂都被深深地震撼了。

头 羊

那只威风凛凛的头羊一直活在我的记忆中，它的名字叫和平。

和平来自新疆，是一头纯种细毛种公羊。生产队花高价把它买来，为的是让它对落后的本地羊种群进行改造。

和平身架高大，浑身的毛长长的，像披着盔甲，特别是它那一对羊角，更是出奇的漂亮。它的两角先向后弯，然后绕一个圈，再从两耳旁向前伸出来，而且两角上还布满奇异的花纹；它的力气出奇的大，队长往回赶它时它不肯走，队长抓住它的角使劲拉它，它四蹄撑地，任队长使出吃奶的劲儿它也纹丝不动。队长最后只好智取，用一把青草把它引了回来。

和平一来，本地种公羊立即黯然失色。尽管瘸羊倌为它创造机会，让它跟和平一比高下，但那家伙一见和平掉头就跑，从此甘心情愿让出头羊的宝座。再过不久，为保证"改造"的顺利进行，队里便忍痛割爱把它杀掉了。

瘸羊倌哭了一场，他和那头羊感情深哩，说它懂人言人语哩，这些年风里雨里跟他不容易哩。我发现瘸羊倌从此便恨上了和平。

但是和平浑然不觉。它很快进入了角色。作为头羊，和平忠于职守。每天羊群出场，它总是精神抖擞走在前面；当羊群和别的羊群相会，其他羊群的头羊有挑衅行为时，和平总是奋勇当先，将其击败；作为众多母羊的丈夫，和平工作十分卖力。春天是羊群发情的季节，和平每天都坚持和十来只母羊交配，从不偷懒，待它把母羊们全部耕种一遍，自己已是瘦骨嶙峋了。

可是瘸羊倌仍不喜欢它，动不动便找岔子揍它。尤其当冬天来临，一只只毛发卷曲的第一代改良羊羔出生以后，瘸羊倌的火气更大了。

瘸羊倌放了一辈子本地羊，他看本地羊看惯了，怎么看那细毛羊也不顺眼，他说："这是羊吗？这是外国串，二毛子！"瘸羊倌仍然不时念叨被杀的那只头羊。

那天和平和一条骚扰羊群的狗干起来，勇猛无比的它竟将狗撞翻在地，狗夹着尾巴逃跑了。这本应是受到嘉奖的事，但是瘸羊倌骂它："光显你能！"过去赏了它两脚。

谁也没有想到和平会反抗。它突然后退几步，又猛地向前一冲，竟将瘸羊倌撞了个脸朝天。瘸羊倌大骂着爬起来，去拿他的鞭子，不料和平又从后面把他撞了个前趴虎，吓得瘸羊倌钻进羊圈里不敢出来。

从此和平有了撞人的毛病。有人从羊群旁经过，只要它看着不顺眼，它就毫不客气地撞过去。一时间，村人见了和平都很害怕。

瘸羊倌就乘机说："看看，这哪里是羊，这比狼还狠哩！"

骂是骂，他再也不敢轻易惹它。

但和平毕竟是一只羊。它到最后还是被瘸羊倌算计了。那些日子天旱，羊群每天要去井上饮水。井台上有个石槽，是专门饮牲口用的。瘸羊倌让我打水往槽里倒，他则站在石槽旁，用羊叉打那些抢水拥挤的羊。和平大约看他老打羊，生气了，忽然一头撞过来，将瘸羊倌从石槽这边撞到了那边，他哎哟着半天没爬起来，但是奇怪的是这回他没有报复。

第二天，瘸羊倌照例站在石槽旁打羊，边打边瞄着和平。这回和平气更大了，它往后退、退，退出好远才旋风一般冲过来，眼看就要撞上的当儿，却见瘸羊倌"嗖"地向旁边一闪……

和平就这样死了。它的头颅在石槽上开出了鲜花，两只漂亮的犄角也折断了。这份宝贵的集体财产夭折了，瘌羊倌却振振有词，队里也对他无可奈何。和平死了还背着罪名。

　　我至今仍然怀念和平。

红鬃马

　　一连几日，红鬃儿马子（公马）老不按时回来，回来时全身便湿得如水里捞出来的一样。

　　那天，红鬃儿马子索性一夜未归，主人一早骑马去找，却见它正站在一座山头上，冲着东方的红日嘶鸣，那剪影极为精彩。主人策马驰去，看见儿马子又是全身湿透。疑疑惑惑把它赶回马群，套住它，用马鞭子揍了它一顿，可是这天晚上，儿马子挣断缰绳又跑了。主人不得不留心到底怎么回事。

　　太阳偏西，红鬃儿马子独自离开马群，朝着草滩那边的山上跑去。夕阳射在它的身上，它的身子如锦缎一样闪闪发光；夕阳也照着它的红鬃，那顺着脖子拖下来的长长的鬃毛一跳一跳，正如一团火焰在燃烧。

　　主人骑着马，远远跟在后面。他的头颅刚跃出山岗，他便立刻使劲勒住马，他被眼前的情景惊呆了。

　　两只狼！

　　这是两只狡猾的狼。它们一前一后把红鬃儿马子夹在中间，转着圈子寻找攻击机会。儿马子却毫无惧色。它那长长的鬃毛现在全竖起来了，在脖子上轻轻晃动，正像一面战旗在飘扬。它谨慎小心地踏着步子，移动着身子，不断破坏着狼的进攻角度。

半空里黑影一闪，一只狼斜刺着，闪电般向儿马子的脖子扑去。另一只紧跟着跃起，冲向儿马子腹部，危险！儿马子不慌不忙，身子微微一侧，长鬃"啪"的一下，宛如一条巨鞭，把第一只狼抽得在地上连翻了几个跟头，紧跟着后蹄腾空，把第二只狼踢出数丈。两只狼沮丧地爬起来，又开始组织进攻。主人勒马回逃，只在心里祝愿儿马子可别打败了。

儿马子平安地回来了，它如凯旋的将军，跑进马群里左冲右撞，和母马亲热地嬉戏，好像在夸耀自己保卫马群的赫赫战功。

主人却又把它套住，又用马鞭子揍了它一顿，边打边骂："逞能的东西，找死的东西！"打完了，又喂了它点料。

这一天，儿马子被拴在圈里，不许出场。天傍黑，远处传来狼嗥，儿马子暴躁不安。它吼，它踢马槽，简直疯了一样。在屋里喝酒的主人气冲冲出来，拿鞭要打，儿马子前趴后踢，根本不让近前。主人只好隔着马槽揍了它两鞭子，想不到儿马子长鬃一竖，身子一侧，"啪"的一下，竟把主人抽了个跟头。

啊，马鬃！全是这鬃把你烧的！主人恼羞成怒地从地上爬起来，跑回屋，拿出一把锋利的剪刀，跳到马槽上去，"咔嚓咔嚓"，马鬃纷纷落地。他得意地骂："看你再去逞能！"

这一夜，主人不断听到狼嗥和马嘶声。但他不敢出来，他相信儿马子没了鬃也不敢出去。天亮了，主人出去一看，惊呆了：槽头只剩下半截咬断的缰绳。

主人骑马去找，他走过山头，希望再看到儿马子对着红日嘶鸣；他走过山冈，希望再看到儿马子和野狼搏斗，然而他只在草地上发现了血迹……主人对着草原呼喊，草原沉默，冷冷地把他的声音抛掷回来。主人不由浑身发抖。

远处，传来得意的狼嗥。

砍头王

砍头王，并非杀人夺命的刀斧手，恰相反，他是救死扶伤的神医郎中。

我们这一带把生在人的脖子后的一种痈称为"砍头"。这痈，初时只有米粒大小，若不治疗，渐次红肿，溃烂，而且越烂越快，越烂越深，仿佛要把人的脑袋"砍"掉一般。人便随即昏迷、高烧，直至败血而死。这种病现在随着医术的进步和卫生环境的改善已不多见，但在旧社会和解放初期的时候，却屡见不鲜，"砍头王"便应运而生。

砍头王其实也能治别的病，但最拿手的还是治砍头。据说，他家有家传秘方，他会根据砍头发病的各个时期对症下药，且药到病除。砍头王硬是凭着这手绝活自立于世，经他手从阎王鼻子底下抢回的性命不计其数。百姓对他尊崇有加，送其美号"砍头王"。

砍头王有一独生儿子，年近弱冠，别无所长，砍头王便决定让他跟自己学医，并计划在适当时候将看家本事传授于他。但是，说来谁也不信，就这样一个宝贝儿子，最后居然死于砍头之症。

知情者后来透露了事件的整个过程。

原来开始的时候，儿子的脖子后面起了个小小的肿物，告之于父。砍头王看了看，说："这不一定是砍头，再说你也不到得砍头的年龄。"过了两天，肿块变大，砍头王才找出一贴膏药给儿子贴上，嘱其勿抓勿挠。谁知膏药贴上之后，奇痒难耐，儿子觉得反正有父亲在，实在忍不住，就抓挠了几下。不想这却非同小可，那肿物竟由红变紫，由紫变青，转眼长成鸡蛋大小。儿子的淋巴结也跟着肿胀起来，浑身酸懒，四肢乏力。砍头王这才发起慌来，急忙调出一剂糊状药物，用药布敷于儿子的患处。他告诉儿子："不想你真的得了砍头，而且到了中期。不过不要害怕，爹自有治病绝方，只要两三天换一次药，等肿物破头，挤出脓血，再配以汤药，清毒败火，自然好转。但一定要禁忌生冷辛辣，尤忌房事，静养半月，方保无忧。"

事情就坏在儿子的有恃无恐上。那时他正新婚不久，和媳妇正如胶似漆。一说让他分别半月，如何能受得了。开头几日还极力忍着，没过几天，煎熬不过，半夜便偷偷钻入媳妇被窝。媳妇力拒，他却说："有爹在，不要怕。"二人便战在一处。不想这个禁忌一犯，患处居然恶性发作起来，疮口迅速扩大糜烂，不断有粉红色脓水流出，腥臭无比。儿子面颜赤红，高烧不止，直至昏迷。看情形，小命险矣！

砍头王出去了几日，回来看见儿子如此，不禁大吃一惊。他知道，儿子的病已进入晚期。不过砍头王不愧是砍头王，他让人将儿子抬到一张床上，头朝下趴好，便拿出刀子剪子，忍住腥臭，去替儿子挤脓水，挖烂肉。因未打麻药，儿子初时伴着昏迷尚能挺住，渐渐便忍耐不住，砍头王每挖一下，他便是一声撕心裂肺的大叫。若换了别人，你就是叫破大天，砍头王也绝不会手软，且会伴以斥骂，但今天挖的却是自己的儿子，但见砍头王的手，竟渐渐地发起抖来。按理，须将腐烂疮肉统统挖去，直至露出鲜红的嫩肉，再以药物充填，方可保命。但砍头王心里明白，手却只清理了一个大概，心说我的药自有奇效，便草草收场，填好药，包扎好，再配汤药，让儿子静养。

让砍头王始料不及的是，这一回他却重重地栽了一个跟头：由于清理不净，几日之后，儿子的脑后竟又恶痈泛滥，且一发而不可收。砍头王心慌意乱，手足无措，尽管他又采取了许多措施补救，可惜为时已晚，儿子终于一命呜呼。

砍头王痛失爱子，又使"砍头王"的称号蒙羞，从此一蹶不振。不过数年，竟也追随儿子去了。世上再无"砍头王"矣！

　少年梦·青春梦·中国梦——中国故事
[申　平] 红鬃马

作家的父亲

作家的父亲不识字，他是一位老实厚道的农民。

但是他的儿子不但识字，而且还能"码字"，他能写小说，也能写散文、诗歌。

作家从中学时代就开始发表作品了。当作家第一次把那叫做"文章"的东西拿给父亲看时，父亲不由张大了嘴巴，他瞪大了一双牛眼，把儿子从头到脚看了一遍，再从脚到头看了一遍，从此便对儿子分外客气起来。

原先，他动辄对儿子施以打骂，逼迫他去上山割草，下地干活，但自从儿子拿出了"文章"，准确地说，是发表在报屁股上的一篇小散文以后，他就再也没有骂过他一句，戳过他一根指头了。由于本该是作家干的活全部都分摊到了其他兄妹的头上，兄妹们便每每向父亲提出强烈抗议，但每次都遭到父亲的呵斥："他是文曲星下凡，你们咧?"

也许正是由于父亲给的这种优惠政策，使得作家的写作劲头更足了。于是他的文章便不断发表，当然也就越写越长。终于，作家大学毕业后先进了报社，后去了文联，他成了一位名副其实小有影响的作家了。

作家成名以后，理所当然住到了大城市里，而父母则随着兄妹住进了小城市里。作家有时间就回去看看，带回去几本他写的书。父亲很想知道儿子书里都写了些什么，就想叫儿子给他念一念。但是儿子却不肯——也许是出于谦虚，也许是出于羞涩，或许是由于他应酬太多，反正他一次也没有给父亲念过。父亲没有办法，只好请求孙女和外孙女给他念，老人听得津津有味、如痴如醉。

后来，作家写的书就没那么容易出版了。特别是他的作品集，想出版只能自费。作家回去几次，都没有带书，父亲便有点诧异。后来，作家就咬着牙开始自费出书。

这一次，作家又带书回去了。他带的不是一两本，而是几百本，他回去是为推销自己的书。然而家乡真是太穷了，作家虽在家乡久负盛名，但他的书卖得并不好。他的书只卖掉了一部分，剩下的就堆在父母的房间里。作家颓然而返。

后来有一天，作家再次回乡，他忽然在街头看见了白发苍苍的父亲。父亲正蹲在车站旁和许多老头老太太一起在卖瓜子儿。和别人不同的是，老人的面前还摆了一摞书，只听见父亲在不停地吆喝："来看一看啊，这儿有我儿子写的书啊！"

作家的心颤了一下，他怎么也没有想到父亲会以这种方式来替他卖书。

也的确有人过去看书，他们翻着书，看着书中作家的照片，赞叹着："哎呀，这是你儿子？真了不起。"这时父亲的脸就笑成了一朵花，他说："我儿子是文曲星下凡咧！"

但是却没有人买书，他们看看书的价格，说："太贵了。"就买一碗瓜子走开。父亲有点失望，但他好像并不在乎，他继续吆喝着，继续听着人家的好话，脸上兀自挂满幸福的笑容。

作家在一旁悄悄站了许久，也没见父亲卖出一本书，他的心中充满悲凉，此刻他真想摇身变成一个大款，走上去说："老人家，你儿子的书，我全要了。"

如果那样，父亲该是何等的幸福呀！

作家的母亲

　　作家从省作协主席的位置上退下来，第一件事是回乡看望自己的老母亲。

　　老母亲已经八十多岁了，一直独自住在乡下，一切生活均由自己料理。为此，作家的心中总是充满愧疚。

　　作家出生的地方是个山清水秀的山村。作家走进村，感到一草一木都在向他点头微笑，他顾不上这些，快步走进自己家的院子，大声地喊着："妈，妈，我回来了啊！"那神态、那声音，哪像一个年过六旬、全国驰名的作家，倒像一个刚刚放学归来的孩童。头发雪白的老母亲提了一条拐杖，扶着门框出现了。她张着空洞的嘴巴，眯起浑浊的眼睛看过来，脸上的皱纹霎时生动地抖动起来，她用沙哑的声音叫道："是秋儿回来了呢。"

　　作家的两眼一阵模糊，只有自己的老母亲，才会这么亲切地呼喊自己的乳名，这一声"秋儿"，一下勾出多少美丽的回忆啊！

　　作家扶着母亲到屋里坐下来，母亲马上又问他渴了没饿了没，作家坚决地止住了母亲的张罗，他说："妈，我昨天办了退休手续呢，我这次回来是专门接您老人家到城里去的呀！"

　　母亲好像没有完全听懂儿子的话，她反问儿子："退休？那你往后不用再写信了吧？"

写信！母亲又说写信！作家不由再次笑了起来。关于他"写信"的事情是困扰母亲一生的问题，大字不识一个的她，总认为儿子伏案写作是在给谁"写信"，她无数次地问儿子："你怎么老是写信呢！你写那么长的信，到底都写给谁呀？"

作家也曾无数次地向母亲解释过这件事，他拿着自己的书向母亲解释，拿着刊物或报纸向母亲解释，但是母亲无论如何也听不明白，她坚定不移地认为儿子就是一个苦苦的写信者，潜意识里一直担心儿子"写信"累坏了。

现在作家大声地告诉母亲："我退休了，以后就不用再写信了。"

母亲又张开空洞的嘴巴笑起来，不过她很快又说："也不要一点不写，少写点。写惯了，一点不写也不好呢。"停了停，母亲又说："你还可以干点别的事呀，退休实际也是往前走哩。你没看田里插秧的吗，他们往后退，不也在往前走吗？"

作家的心头打了一个闪，他再次打量母亲，怀疑她是一个伟大的哲学家。刚才在路上他还在为失去权力而感失落哩，母亲的话却一下子点醒了他。

作家在家里陪老母亲住了下来，他要慢慢做通母亲进城的工作。还有，他要再次走遍故乡的山山水水，捡拾那遥远的记忆。作家还在母亲的陪同下，去看望了村中尚在的老人和他儿时的伙伴。当着母亲的面，那些曾看过作家作品的人对他赞不绝口。作家高兴，就请大家吃饭。喝了一点酒，作家不由有点飘飘然起来。他向人介绍自己取得的成就、获得的称号，他还告诉大家，他的职位相当于省里的一个厅长。

作家没有注意到老母亲的脸色忽然阴沉起来，后来，她干脆借故离开了饭桌。待大家散去，母亲才走进来对作家说："秋儿，我怎么觉得你有点变了呢！"

作家不由一惊："妈，我……怎么了？"

母亲说："村里人夸你几句，你就高兴成这样，那你在省城里会怎么样呢？你以为人家夸你说的都是真话吗？你写的那些信，真的有那么好吗?"

　　母亲的话就像一瓢冷水泼来，使作家的头脑立刻清醒起来，他一下子愣在那里，不由想起了他在文坛上这些年的风风雨雨、是是非非。是啊，难道你取得的所有荣誉，都是真实可信的吗?

　　母亲又说:"秋儿，你还说让我进城，我看你还是搬回来吧。人要想活得长命，活得真，还是到这有山有水、有花有草、有虫有鸟的地方来吧，你说呢?"

　　作家不由再次打量母亲，他突然又发现了母亲的另一种伟大。他奇怪自己过去怎么就没发现母亲的伟大呢。作家决定继续陪母亲住下去，重新了解自己的母亲，准备为母亲好好写一封"长信"。

母亲的守望

自打上大学开始，我就成了一个游子，一只风筝。我浪迹天涯，越飞越高，越飞越远，最后飞到离家万里的南方来。

总想衣锦还乡，于是一年又一年地推迟回家的行期。今年终于下定决心，带领妻儿回到相隔快二十年的故乡去。

和爹娘相见的一瞬间，所有的感情和语言都化成了眼泪，四十多岁的我，竟像个孩子一样哭个不停。

娘喊着我的乳名，不停地安慰我，就像我小时在外面受了委屈，她把我揽在怀里，拍着我的头安慰我一样。

我就越发哭得厉害，怎么忍也忍不住。

平静下来以后，娘便开始向我诉说这些年来家里和外面熟人的变化情况。爹和娘现在早已不住在农村，他们随着哥哥和妹妹搬来县城，又搬了几次家，才住进现在的楼房里。虽然住的是楼房，但屋内的摆设依然是农村风格的，其中一些家具是我从小便熟悉的。

娘说："一搬三穷。不少东西都扔掉或者送人了。没有办法。"

娘忽然想起了什么似的，她说："你快来看，就是你早先写的那些字啊本儿啊，娘一点没敢动，怕你有用。"娘说着，弯下腰从床下拖出两只纸箱子来。

我的心呼地一热，眼泪又涌上来。从中学时代开始迷上写作的我，那时总和娘共着一盏灯，在纸上写写画画。这么多年过去了，我都曾写过些什么，自己早已忘记，但是，娘却把它们留下来啦！

我急急翻捡着这些已经发黄的纸片，纸片和上面的字迹不断激起我对青年时代美好时光的回忆。但除此以外，老实说，这些东西并无价值。我仿佛记得，上大学的时候我曾向娘交代过，这些东西没什么用了，可以用它引火。然而，娘竟然还完好无缺地保存着它们！

搬了几次家，其他都可以送人，唯有这些东西她还珍藏着，我的亲娘啊！

我看着这些东西，娘就站在一边，恭恭敬敬地看着我。娘不识字，连自己的名字也不认识，也不懂什么叫做"文章"。但她知道我是作家，作家是写书的。从我上中学在报上发表豆腐块文章开始，娘就对我刮目相看。她对我的一切，都开始有了崇拜的味道，包括我青少年时代学习写作在纸上的胡乱涂鸦。

"儿，有用吗?"娘在一边极小心地问我。

"有，有啊!"我用力点着头，眼泪也跟着落下来。我真的想大声地说句谢谢，可这是我的亲娘啊！

在家的日子里，我把这些纸页整理装订起来，也算做是对过去日子的一种怀念。娘见我这样认真地整理这些东西，高兴得什么似的，她不断地说："我就总觉着你的这些东西有用嘛。你爹想用它卷烟，让我挡住了，我宁肯上街给他买大白纸。我就琢磨着，啥没用，写的字也会有用!"

临行，我思考再三，还是决定把两个纸箱留下，郑重其事地交给娘。我说，用它的时候我会回来取的。

娘说："你放心，保证一页都不会少。"说着，又小心翼翼地把纸箱放回到床下去。

现在，我重新回到了南方。但我知道，我的根永远都会留在北方。因为在那里，我的亲娘在为我守望，她守望着家园，也守望着她的儿子写过字的两箱纸片。

记忆力

　　这班老人家都已年过六旬了，这日却突发奇想，要搞小学毕业五十周年同学会。

　　五十年，整整半个世纪。岁月的风霜早已染白了他们的头发，揉皱了他们的面庞，如今他们再见面，彼此还能认得出来吗？

　　发起者却说："这次聚会的意义恰恰就在这里。我们就是要考验一下每个人的记忆力。看他（她）是否把珍贵的少年友谊埋藏心底。"

　　于是就打电话，就发通知，足足折腾了半个月，还真的把人给弄齐了。全班除4人提前去另一个世界聚会以外，其余41人都答应一定来，一定来。

　　聚会选在一家酒店的一楼，门口挂了标语和彩球，显得非常隆重。来得最早的当然是几个发起者。他们发现，这家酒店的服务真不错：门外有侍应生开门；一进大厅，服务员又把热毛巾递了过来；还有一个提着篮子的小老头，给每个人都发一包纸巾。显然，这是为他们流泪准备的。发起者连连赞叹：好，真是想得太周到了。

　　一会儿，同学们陆续来了。每一个人的到来，都会引发一阵激动。大家先是静静审视来人，然后突然有个人叫出了对方的名字，于是就是一阵欢呼，就是一阵热烈拥抱。也有一些人无论如何认不出来了，岁月把他们蹂躏得太厉害了。但当他自己一报家门，大家马上又把他想起来了。这种激动就更热烈，因为其中还包含着惊喜。

想想吧，五十年一聚，这容易吗？人生会有第二个五十年吗！昔日的少年，今天的老人，你拉着我的手，我搂着你的腰，说啊、笑啊、哭啊……那场面真的是太感人了。

那位小老头发给大家的纸巾真的派上了用场，而且有人发现，这个小老头竟然也被他们感动得热泪纵横。他自己也使用了篮子里的纸巾。

激动过后，发起者开始清点人数，发现已经来了40人，就差一个人没有来了。大家都在询问："他是谁呢？"那个提着篮子的小老头此时突然放下了篮子，他走上前来说："是我啊，我是第一个来的呀，可是你们谁都没有把我认出来啊！"

刷地一下，众人齐齐把惊讶的目光向他射去："你？你是谁啊，有没有搞错啊！"

小老头在40双眼睛的审视下有点发窘，他急忙挺了挺腰，大声地说："我是陈大福啊，你们再看看、想想！"

发起者赶紧去查名单，果然有陈大福这个名字，可是……40双眼睛又从头到脚把他审查了半天，结果仍然找不到半点"同学"的影子。

有个发起者忍不住说："你不是酒店……干这个的吗？"他指了指他的篮子，接着他又说："你别开玩笑，我们可是同学聚会……"

小老头就显得有点着急："我知道是同学聚会，这种事情谁会冒充啊。我明明就是陈大福嘛，你们睁大眼睛好好认认嘛！"小老头随后又有点委屈地嘟哝道："这纸巾是我自己给大家买的，酒店还管你这个！"

于是40双眼睛再次聚光，恨不能看穿了他的骨头。可结果还是失望地摇头。

小老头这回可真有点急了，他急赤白脸地说："你们的记忆力……怎么这么糟呢，你们仔细回忆一下，那时咱班每天是谁最早来搞卫生的？"

众人一齐做冥思苦想状。

小老头说："你们再想想，学校开运动会，是谁给你们看衣服，是谁给你们打开水，班里组织劳动，又是谁干得最卖力气……"

众人仍在冥思苦想，仍然半信半疑。

小老头又说："你们再回忆一下，班里的垃圾每天都是谁抢着倒的？"

突然有一个女同学尖叫了起来："哎呀，我想起来了，他的确是陈大福，他是我们的同学啊！"

众人就一齐把目光投向女同学，显然希望她拿出证据来。

女同学就有点兴奋，她说："大家还记不记得，有一次他偷了学校附近农民的地瓜，让人家抓住，押到学校门口来示众……"

噢——！众人齐发一声喊，他们的记忆闸门一瞬间呼啦啦全部打开，现在再看陈大福，怎么看怎么都像他们的同学了。

但是此时的陈大福却没有半点兴奋，反而像中了枪一样痉挛了一下，他张大嘴巴，面部扭曲，用颤抖的声音说："天哪，你们还记着这件事啊！我做了那么多好事，就是想让你们忘了这件事，可是你们太太……太伤人了！"

陈大福慢慢转过身去，提起他的篮子，摇晃着向门外走去，任凭后面的人喊破了嗓子，他也一直没有回头。

兽 戏

荒诞的年月。

冯老九从镇上喝酒回来，月亮正升到头顶上。冷风飕飕地在月亮地里打旋儿。老九打了个寒战，肚里的酒直往上涌，脚步有点趔趄起来。影影绰绰看见前面有房子，以为是自己的家，一步步挨过去，就在窗下栽倒，死人一样睡去。

冯老九当然不知道，他是摸到"鬼屋"来了。所谓鬼屋，不过是几间破败房子，因离村有段距离，屋里曾吊死过人，后来有人亲眼见这屋中闹鬼，所以大家都称之为鬼屋。大白天一个人从这儿走过，胆小的都头皮发炸。冯老九并不是个胆子很大的人，这会儿却睡得极其香甜。

半夜，几阵凉风吹过，冯老九打了个哆嗦，有点醒酒了。他迷迷糊糊望望四处，心头不由一跳，而且就在这个时候，耳边又飘来一阵杂乱的铁器碰击声，那声音明明白白就是从鬼屋里发出来的。要在平日，老九这下准没魂儿，可现在他却凭"烧锅力量"站起身，趴在窗台上往里看：嘿！这下他看到了全世界最精彩的好戏。

只见屋里地下的月光里，十多只黄鼠狼排成一队，人一样站立，每个都拿一面"锣"——或是铜片，或是铁片，一边扭扭搭搭地转着圈子走，一面用另一只爪子里的小棍敲敲打打。然后成半圈站定，便出来一个翻跟头，左摇右晃，口中呜呜哇哇地叫，好像在唱歌，其余的便敲"锣"。待这个折腾完了，便又换一个。

冯老九怎么也不明白这些小东西在干什么，反正觉得怪稀罕。他看得津津有味，竟忘了害怕。

后来他突然想明白了：这些小东西敢情在学人唱戏哩！现在村里天天都在唱"样板戏"，大人小孩老婆老汉都登台，戏台就搭在"鬼屋"不远的空场上，这些东西准也是观众哩！

冯老九不由对这些小东西挺佩服："好嘛，比人还精！我老九不就因学不会那唱老挨训吗？"他又看了一会儿，酒劲已过，猛然间有点儿害怕，便猫着腰，一声不吭地逃回村子。

第二天，冯老九有了吹的。他的跟前围了一堆又一堆人，听他讲"半夜三更看兽戏"。冯老九讲得唾沫横飞，得意忘形，仿佛他成了最了不起的人。不想大队书记"运动红"倒背着手走来，断喝一声："冯老九，你讲什么?!"

冯老九这下倒差点吓掉魂儿，好在众人紧帮他打掩护，"运动红"才没追究，不过还是命令他：从此每晚必须参加政治学习，不许再闲逛。

晚上，冯老九乖乖来到政治学校，先是跟着"运动红"学唱样板戏，他老是觉得"运动红"的声音像黄鼠狼叫，所以仍然学不会。后来"运动红"开始讲"阶级斗争"，他便忙里偷闲打瞌睡。忽然几个小青年凑到身后捅他：

"九叔，你白天说的可是真的？"

"骗人我抠眼珠儿当泡儿踩！"

"你敢领我们去看？"

"就怕你们不敢随着。"

学习终于散了，小青年们缠着冯老九，一心要去看兽戏。有大家壮胆，老九果真率众前往。等月亮上来，大家果然开了眼。

第二天，更多的人来找冯老九，强烈要求看兽戏。样板戏早看得不耐烦，别的又没什么好看，天天听"运动红"训话，早把人憋出犄角了。冯老九想不到自己还有这等荣耀，指挥若定地把人分成几拨，严格规定了纪律：绝不许惊动黄鼠狼。

于是，生活中有了欢乐。

"运动红"很快发现了"动向"，他悄悄地尾随众人，终于发现了秘密，他严肃地考虑了一回，就借来一杆洋炮，细心地装好了火药。

夜里，一群人正看得津津有味，但听耳边一声巨响，老洋炮推出的铁砂横扫过去，黄鼠狼死伤过半，惨叫而逃。"运动红"哈哈大笑。

从此，再也见不到那精彩的兽戏了。

通 灵

他去山上寻找灵感回来，又听见他住的老屋里传出乐曲声：见鬼了！

门明明白白地锁着，窗子清清楚楚地关着，可桌子上的录音机却在吱吱哇哇地唱着，播放着他的天才作品——那些在一次音乐大赛中被无辜冷落的高雅乐章。

这一次他是特意留了心的，不会像前两次那样记不清临走是不是关了录音机。可录音机还是响了！

他开门进去，屋里空空如也。录音机兀自在唱。鬼耶？神耶？他竟有点毛骨悚然。

他不由自主地记起《聊斋》里面的一些故事来了。

他的眼睛仔仔细细地在各个角落里搜索，希望能发现一点蛛丝马迹。现在他觉得倒有趣儿，人世间冷落我的作品，冥冥之中却有"知音"。不要怕，应该和它交个朋友……然而屋里什么也没有。

第二天，他又按时出去了，但他没有上山。他先是躲在屋后，又慢慢溜到窗前窥测。

屋里到处散发着古旧气，那张破高桌孤零零立着。且莫小看了那破高桌，当年他被下放时就是在那上面奋笔疾书，从而一举成名的。后来他又在高楼里的大写字台前创作了，却无人买账。没办法，他便又到这荒山野岭的水闸房来乞灵于破高桌了。

屋里的什么地方响了一下，他再看时，高桌下面已经出现了一个黄黄的小东西！啊，竟是只黄鼠狼。

他不知为什么感到一阵失望。

黄鼠狼开始爬高桌了，它用爪子抱住高桌腿，人爬树一样往上蹿，刚爬了一半，"哼"的一声，又滑落下去，再重爬……一直折腾了十几次，黄鼠狼终于爬上了高桌。像人一样站着走到录音机前，把键按了下去……

黄鼠狼先是站着歪着头听，渐渐便扭呀扭呀舞蹈起来。他在窗外无声地笑了，继而心中又涌上了一种委屈的情绪，谁说我的音乐晦涩难懂，洋味儿太浓？请到这里来看看吧。

他竟由衷地感谢起这小东西来。

一直等到录音机磁带到头，黄鼠狼才意犹未尽地溜下桌去。

他进了屋，不假思索地找了几块小木头，在那高桌腿上钉了几个小跐凳。

又到了那时候，他的"知音"又至，在钉跐凳的桌腿前转了几圈，往上爬了几步，不知为什么又退了下来，奔到另一条高桌腿。反复十几次，才爬了上去。他在外面直替它着急。

第二天，他又把另一条高桌腿钉了跐凳。

然而，小东西仍不肯走捷径，又去爬第三条腿。

他实在不忍心看它的知音费那么多力气，一鼓作气把另外两条腿也钉上了。

黄鼠狼又来了，它绕着桌腿跑着，跳下一个又上另外一个。四条腿转完了，它显出焦躁的样子，往后退、退，用力往桌上蹿了几下，上不去，竟转身溜出门去。

从此黄鼠狼再也没来。

他不解地望着那四条腿发怔，蓦地，霹雳在耳畔炸响，闪电撕开浓黑的夜空，狂风吹动巨石，在山崖上撞得火光闪闪……杂乱无章但雄壮有力的乐曲滚滚而来！他全身战栗了！

啊，灵感！

怪　兽

　　他第一眼看见那兽，就料定自己今天必死无疑。谁叫他犯了山规！

　　这的确是一头怪兽：其身如豹，其头如虎，其眼如雕；最奇的是它的脑门儿上还生有一角！它正在向这里慢慢走来。

　　他伏在树后，浑身筛糠，悔不该到这座山上来。年轻时师傅就曾谆谆告诫他，千万不可到神兽山来打猎。他小心恪守，一生平安，没想到就要挂枪隐退却鬼迷了心窍……

　　那兽离他越来越近了，他的鼻孔里嗅到一股浓烈的死气，手抖得连枪也拿不住了。唉，都是那班徒弟把他逼到这步的。他们愣说按他讲的山规根本无法打猎，为证明自己正确，他亲自操枪上山。转了一天一无所获，最后好不容易蹿起一只狐狸，那家伙却偏偏蹿上神兽山。为了脸面，他横心咬牙……

　　"去他的，不就是个死吗？"他忽然骂起自己来了。"你还是个老猎人，就吓成这熊样子？"他反倒镇静下来，开始向那兽瞄准。

　　"不能打！"他忽然又记起另外一些山规来了。"不认识的东西不能打！"、"孤猪怪兽不能打"……打了可是找死呀！咦咦，不打不也是个死吗？豁出去了，他又瞄准。

　　打哪儿呢？脑门儿！不，那儿准硬；眼睛？不行，这又犯了山规。师傅曾说打兽打眼会枪炸眼瞎。为什么会这样，他当年也问过师傅，师傅说这是打师傅的师傅……那儿传下来的。传下来就有传下来的道理。那么只有打心了。

枪口指向了那兽两腿之间的地方，恰巧怪兽停下来，四处嗅着什么，身子横过来了。

"砰——！"那兽似乎怔了一下，随即跳起来，旋风般向这边冲来，他几乎什么也没想，把枪一挂，噌噌几下爬上大树，从怀里掏出一根绳子，三下两下把自己捆在树上。

山中不知为什么起了狂风，飞沙走石，大树剧烈摇晃。他偷眼觑去，但见一个巨大的黑影在树下跳来撞去。天昏地暗，云愁雾惨，树叶纷纷落地，多亏了那根绳子，不然他早飞弹出去。他举起枪来，对那兽角猛开一枪，直打得火星乱进。

怪兽突发一声长啸，震得山摇地动。震得他五脏六腑险些出腔。不知过了多久，他才醒来。摸摸枪，还挂在胸前；看看四周，天早黑了，树下正有两盏"蓝灯"霍霍看着他，他不由打个寒战，慢慢转动枪口，食指钩住扳机。打哪儿呢？又是这个问题，打眼，只能打眼！不能再错过机会，可是……去他的山规吧！山规就是让人等死呀！都到了这地步，还管那些。

"砰！"毕竟是老猎手，红光过处，那盏"灯"倏地灭了。枪竟没炸，眼也没瞎！在这一瞬间，他激动得几乎要喊出声来。但他不会有机会把这一切讲给徒弟听了。那兽在中枪的一刹那，又发出一声霹雳般的吼声，直震得他七窍流血……

徒弟们是第二天找到他的，他的脸上挂着胜利的微笑，树下倒着一头价值连城的怪兽。

神兽山从此改名猎人山。

草　龙

老马倌要死了。

他躺在蒙古包里，通过特地为他开的小窗户定定地望着草原。他的目光老是停在草原的西北天空不动，显然在期待着什么。

他终于呻吟起来，"狂风暴雨，快点来吧！"

没人知道他为什么盼着暴风骤雨的来临，一个快死的老头儿，无论如何也不能和大师笔下的"海燕"相提并论。然而他盼望着，一天比一天强烈地盼望着。

他的生命就在这盼望中延续。连医生都惊奇他生命力的顽强。

终于，西北天上堆起了厚厚的乌云，响起了隆隆雷声，闪电也在山那边一闪一闪。

"快，把马群给我赶到草洼子里去！"老马倌顿时出现了回光返照，他挣扎着竟想坐起来，并用清晰的嗓音向儿孙们发布命令。

儿孙们大惑不解地按他的话做了。

"快，把我抬到草坡山去！"他又命令。

儿孙们大惊，谁也不动。

"快抬我去呀！"他大怒。

儿孙们无奈，只得披了雨衣，撑了伞抬他出门。雷声近了，闪电密了，越来越有力的凉风把草原扇得波涛乱滚。老马倌兴奋地看着这一切，他不由喃喃道："啊，草龙！草龙要来了啊！"

在雨的先头部队的"散射"声中，老马倌断断续续向儿孙们讲述着关于"草龙"的故事。

"我放了一辈子马，好马养过无数，可龙驹只有那一个，可我当时却瞎了眼啊！那天也是这么个天气，我就在山坡上放马。马就在那草洼子吃草。天好像一下子就黑了，雷一闪火一闪的，真吓人呀！忽然一声霹雷，把人的耳朵都震聋了，就见天上掉下个大火蛋来。直落在马群里，马立刻炸了群，只有一匹母马在原地不动，它好像是吓坏了。后来，就是这匹母马生下一个怪马驹子来。那马驹子格外丑，个儿也小，只是四个蹄子格外大，小碗似的。我说这马驹子可邪了，倒像个驴日的杂种。

"那天有个南蛮子来看马，他到马群里挑，挑来挑去挑不中。他突然就看见了那匹小马。他一下子就跳了过去，左看右看，说：'我就要这匹马了，你随便要钱！'我说：'那破马，你不嫌就白送你。'他啥也没说，扔下10块大洋就把马牵走了。他就在草原上搭个帐篷住下来，建个马圈，专养那匹马。我当时还笑他呢！这小子疯了，拿着丑马当宝了。可是有一天，他来向我告别，也让我看看他的马。他进了马圈，还没容我看清马的样子，就听嗖的一声，那马驮着他竟从墙上飞出去了，就像一道闪电似的，眨眼就跑天边去了。南蛮子只扔给我一句话，'这是条草龙啊'！唉，我眼真瞎，我真傻，这事儿我一直烂在肚里，没脸对人说呀……"

草原突然黑暗下来，雷声隆隆，大雨如注。闪电一条接着一条扯起，照亮了草洼里静立不动的马群和草坡上伫立不动的几个人。

老马倌坐着，他的眼睛死死地盯着闪电和马群，他在期待着奇迹的出现。

"轰隆——咔啦啦啦！"一串惊天动地的霹雷骤然响起。那雷仿佛就在人的头顶炸开，以万钧之力和排山倒海的气势向前推进；滚过去猛地又滚回来，如磨盘一样在空中滚个不停；闪电一条亮似一条，上下左右银蛇一样乱窜，让人眼花缭乱……风也更猛烈了，雨也更凶狠了，整个世界都疯狂起来了。

"草龙！"老马倌喊了一声，猛地一下从地上挣了起来，让人难以置信的是这样一个垂死的人竟踉踉跄跄向马群冲了过去。在草洼那边并没有什么"火蛋"出现，然而马群却的的确确炸群了，炸群的马惊跳奔突，乱箭一样射向四面八方。

"草龙来了！你来吧！"

老马倌举起双臂，声嘶力竭地喊叫一声，那声音竟比风雨雷电声更让人惊心动魄。他那瘦小枯干的身躯也似乎一下高大了许多。

雷声息了，他轰然倒地。

儿孙们跑上去，看见老头脸上挂满笑容。他的两只手满满抓住两把野草，仿佛那就是草龙的鬃。

大力王

据说大力王的力气是关公爷给的。小时候，一天大力王在关帝庙里睡着了。他梦见关公走过来，说："孩子，你给我掏掏耳朵，我给你一臂之力。"他醒过来，便爬到神台上去看关公的耳朵，果见里面住了一只蜘蛛。他把蜘蛛掏出来踩死，立刻觉得浑身增添了无穷力量。出得庙门，一下子举起了门前的石狮子。

这说法真实与否无从考证，但凡是见过大力王的人，都能讲出他的几段故事。

首先，大力王的媳妇便是他凭力气"抓"来的。那一年，街上来了一对卖艺的兄妹。哥哥指着妹妹说，谁能把她从地上抓起来，便可以把她领回家。否则，就交二两银子。

众人看那女子，齐喝一声彩。真是柳眉杏眼，千娇百媚。她在腰上扎了一条宽大腰带，当然是供人们抓举用的。立刻就有一些后生上前去试，但那女子不知是用了什么办法，两脚就如在地上生了根一般，任你有九牛二虎之力也无法撼得动她，眼看一个又一个好汉败下阵来。就在这时大力王来了。大力王本是路过这里，众人有认识他的，便一齐撺掇他上前去试。大力王下了场，从后面抓住了女子的腰带，似乎只是轻轻的一提，那个女子便离开了地面，再一用力，竟把她举过了头顶。在欢呼声中，大力王理直气壮地把女子领走了。

大力王虽有力气，但生活却不如意，不过是个赶大车的"老板子"。尽管如此，他也一样与众不同。一次他赶车拉脚，荒野里碰上一个野和尚，拦住车马不让走。和尚把脑袋搁在车辙上，说："想走，就从我的脑袋上压过去。"他还说，"洒家的脑袋是铜的，不怕压。"

大车就这么一辆一辆被拦在路上，谁也不敢过。大力王说："看我的。"他让另一老板子替他赶车，他则站在野和尚跟前，眼看车就压上和尚头了，却见大力王猛地上前，"嗨"的一声，竟将一边的车轮提离地面，悬空着从和尚头上过去了。和尚一看，说了声："你乃真神也。"爬起来灰溜溜地跑了。

说着话，日本人便占领了中国，为显示大和民族的强大，这年他们从国内请来一些相扑运动员，在城里进行表演。那相扑队员就穿着一小块布条，浑身赘肉，一个个恰如肥牛一般。他们自己练着不过瘾，便通过翻译向人群挑战。众人看他们一个个如狼似虎，当然无人敢应，日本人便不断地嘲笑中国人。

有人想起了大力王，就飞跑去找他。这时的大力王已有四十岁了，他听了摇摇头，不愿去惹麻烦。这时又一人跑来，报告说日本人把一个上台的中国人给摔死了。大力王听了，脸色陡变，骂了一声："狗养的小日本！"就推开拦挡他的当年抓来的媳妇，一路奔街上走去。

大力王见那日本人精赤条条，知道不好下手，就叫人上前去说，能不能穿衣服比赛。日本鬼欺中国无人，竟答应了。大力王便迈开大步走上台去。

日本相扑运动员依仗自己膘肥体壮，上前猛扑大力王，大力王顺势抓住了对方的衣服和腰带，两人搭着架子走了两趟，大力王突然一发力，"嗨"的一声，便将那日本相扑抡了起来，一圈圈抡了十来圈。一松手，那家伙扑通便栽到台下去了。大力王拍拍手，纵身一跳，便消失在欢呼的人群中。等日本人醒过神儿来，哪里去找大力王！

　　大力王随后便隐居去了乡下。日本人到处找他也没有找到。大力王重新现身，是在新中国成立以后。有一天，一个村庄里发生了一起惊车事件。这时，一位老汉正在树下哄孙子。看见惊马拖着车狂奔过来，但见这老汉一手把孙子往腋下一夹，噌噌几步冲上去，一手便从后面拖住了马车，再看那马，任怎么嘶鸣咆哮，车也纹丝不动。众人赶来制服了马，一齐惊叹老汉的力气，但此时却听见老汉撕心裂肺一声痛叫，原来，腋下的小孙子也被他夹死了。

　　大力王就那么抑郁而死。

清　淤

　　市区里的南湖该清淤了。市长责成市府办主任召集各单位的办公室主任开会，布置清淤任务。

　　办公室主任回来对市长说：落实难度很大。发牢骚的骂娘的都有，不过总算按单位人头把任务分下去了。

　　市长说："他们骂娘?"

　　主任说："是啊，他们说清淤应该是由市政府拨款找人做，这是乱摊派"。

　　市长说："不就是让大家搞一次义务劳动嘛，怎么和乱摊派联系上了?你记住，明天上午，我们要去现场检查，我们的任务留了没有?"

　　主任说："市长，这个嘛……"

　　市长说："什么这个，要留！别人多少我们市政府机关就多少，不能特殊。明天去现场，我们都要带工具。"

　　第二天上午，市长身着便服来到湖边，奇怪的是南湖边上不见一个清淤的人影。市长的脸就阴沉起来。

　　办公室主任急忙说："市长，我估计各单位今天都在动员，明天肯定上人，肯定！"

　　市长说："先不管它，来，我们干吧!"

市长说着，穿上长筒胶靴，带头走下已抽干水的湖里，挥动铁锹挖了下去。立刻，一股臭气扑鼻而来，又稀又粘的黑泥吸住铁锹，市长费了好大劲才端了起来。但见臭泥裹着的，都是破破烂烂让人恶心的东西。市长不由吐了一口唾沫。

办公室主任就对着同来的官员喊着："快，领导带头了，我们还等什么！"他看着人们一个个鸭子一样下湖，自己却不动，他不停在那里打手机。

才一会儿工夫，电视台的记者就赶到了。在办公室主任的指挥下，他们终于把市长从臭泥里请到岸上。市长喘了一会儿，接受了采访。他那普通劳动者的形象使电视台的女记者热泪盈眶。采访完毕，市长还要下湖去，却听办公室主任大声说："市长，9点30分有重要会议，这里就交给我吧。"

市长好像不放心地看了他一眼，又看看表，只好上了车。他的车刚刚拐弯，泡在泥里的人就呼啦一下爬上岸来，纷纷喊爹喊娘。办公室主任就说："大家辛苦了。中午去红云楼洗尘！小宋，你雇的民工谈妥了没有？"

小宋说："谈妥了，明天来。"随后又小声加了一句，"我是按您的意思和他们谈的，他们有办法搞到发票。"

主任点点头，冲小宋挥挥手。人群一哄而散。

谁也没想到市长第二天又杀了一个回马枪，而且就一个人沿湖边悄悄走着。湖边早已布满清淤的人马，但一看就知道都是本地或外地民工，也有几个干部模样的人站在岸上指手画脚。市长皱着眉头看着，接着就掏出一个小本子，他走到一拨又一拨民工中间，问着，记着。

这天下午，一个由各单位一把手参加的清淤现场办公会在湖边举行。市长亲自主持这次会议。他掏出小本子说："让我告诉你们一个数字，这次南湖清淤，各单位雇用民工的总费用是180万元，平均300元一米，触目惊心啊！我们只是要清理湖边10米内的杂物，照这样算下来，如果南湖全部清理下来，要几千万元，可以再造一个南湖了。而实际上，这180万元，民工也只能得到一半，另一半呢，当然要落入经办干部的口袋。"

所有的头头都瞪大了眼睛，只有办公室主任低下了头。

市长又说："清淤，我看首先要从干部自身开始……南湖的水本来纯净无瑕，都是人们往里乱扔乱倒，才变得这么脏、这么臭的。我们的干部队伍也一样，如再不清淤，就像南湖一样变成死湖，腐烂发臭……"

各单位的一把手都为市长的话鼓起掌来。

第二天，人们发现来南湖边上清淤的全部换成了干部模样的人，新一轮的清淤开始了。

绝　技

　　在哈达城里，人们可以不知道市长大人是谁，但很少有人不知道厨师李万。

　　李万出名，当然是他做菜的手艺好，凡到过李万饭店吃饭的人出来都说："那菜做的，真是色香味俱全，绝了!"

　　李万这么有名气，自然能引起同行的嫉妒。凡年轻的有点职称的厨师都说："李万算什么，他连个职称都没有，土八路一个!"

　　李万的确没有职称。一来他文化不高，二来早先也没评过什么职称。后来开始评职称李万也曾去考过，但一上去就败下阵来。他讲不出理论，操作程序不合要求。一生气，他便回了家。

　　没职称就没职称，人们照样说他做的菜好吃。他到哪个饭店主灶，哪个饭店就生意火爆，气得那些有职称的厨师干瞪眼。

　　日子流水一样过去，李万越老，名气越大，这几年他退了休，自己开了饭店，生意就更好了。到他的饭店吃饭都要提前一两天订座，否则根本没位。

　　一些聪明的厨师便想把李万的手艺学到手，他们或派子弟或亲自去拜李万为师，一心想探究李万的做菜绝技。

　　李万来者不拒。但他从不给徒弟讲课，只叫他们给自己打下手。他对徒弟们说，当年他的手艺就是这么学的，要自己看，自己钻，靠教是不行的。

来学艺的人大都是失望而去。尽管他们睁大眼睛，开动脑筋，反复琢磨，可就是看不出李万做菜有什么特别之处。一样用料，一样调味，火候也差不多。可客人们就说李万的菜好吃，你说不活活气死人吗！

后来不知是谁传出，说李万手上有一神秘的小瓶，他的全部绝技就在这小瓶里。小瓶里装的是一种特殊配料，每到上菜时，他都往菜里点一点，所以这菜便好吃。

一时间，李万的小瓶成了厨师和食客们关注的焦点。有人跑去问他，他笑了一笑，不置可否。这一下他的小瓶传得更神了。但他的徒弟们却谁也没见过他使用什么小瓶。怪煞人也！

有个叫刘青的小伙子，黑下心来要把李万的绝技学到手。他先拜李万为师，接着又磕头认了干爹，以后他干脆搬到李万家里去住，替李万倒夜壶，温被窝，对他比对自己的亲爹都好。这样一直过了三年，李万这期间也的确破例给他讲了一些课，但小瓶的秘密却一直未告诉他。刘青大智若愚，也不主动去问。

天有不测风云。这日李万忽然一病不起。他的女儿们着急（李万无子），但最急的还是刘青。他跑前跑后，求医问药，生怕李万有个好歹。可是李万的病却一天重似一天。

这天，李万把刘青叫到身边，用慈祥的目光把他从头看到脚。刘青知道关键时刻到了，激动得心都要跳出来，但李万说出的话却让他如冷水泼头。

"青儿，你对我真是太好了。他们都说我有绝技，我也想把绝技传给你，可是青儿，没什么绝技啊！要说绝技，就是你要把这一方水土一方人品透，看人做菜。比如说，吃惯了大鱼大肉的人，你给他做一桌头蹄下水菜，他会乐死的……"

刘青一听急了，不由冲口而出："那小瓶……小瓶是怎么回事？"李万苦笑一下："青儿，哪有什么小瓶啊，我能瞒别人还能瞒得了你吗？那是有一回，我用一个瓶子往锅里倒了点水，他们就瞎传……"

李万的声音忽然低下去，目光渐渐黯淡，刘青大哭："师傅啊、爹啊，你快把该说的话说完啊！"

李万拼命地喘着气，嘴巴又动起来。刘青急忙俯耳过去，终于听清了李万的最后几个字："再有……你做菜的时候……千万别忘……放盐！"

李万说罢，溘然长逝。

刘青大哭。他到最后也没有搞清师傅说的到底是不是真的绝技。

哥们儿好似并蒂莲

哥几个好得恨不能穿一条裤子，花钱不分你我，甚至连个人爱好都一模一样。

每到星期天，哥几个就骑上摩托车出发了。他们背着照相机，走村过镇去寻找生活的闪亮点，进行摄影创作。一旦作品发表了，他们每个人的名字都会一起出现，稿费呢，自然是一起"撮"掉。

有一天，老大对哥几个说："咱们成立个青年摄影家协会吧，这样，才能把名堂弄大。"

哥几个异口同声地赞成。于是，就向有关部门请示、汇报，竟获得了积极的支持。

操作进入了实质性阶段，应该产生主席、副主席以及秘书长了。哥几个坐下来开会研究，大家的目光一起看着老大。

老大心中就很焦急。他多么希望哥几个选他当主席呀，可他们都不肯开口，自己当然就更不好开口。后来他想到，也许是自己的摄影水平还不够高吧。按理呢，老二的水平是最高的，但老二这家伙太有主意了，让他当了主席他肯定不会听自己的话。老三平日大大咧咧，好像对什么都不在乎，不如就让他干，让他挂牌，实际上还是我说了算。于是，老大就提议老三当主席。

既然老大提议，事情就顺理成章。老三推辞了一下就走马上任了。他任命老大老二为副主席，老四呢，就当了秘书长。

青年摄影家协会成立这天，仪式搞得很隆重，甚至把相当级别的领导都请来了。会上出头露面的当然是老三，老大老二的心中就有点不滋润。

接下来，为公章由谁管理的问题，哥几个第一次出现了不愉快。

老大认为，摄影协会是由他提议成立的，他又是第一副主席，公章该由他管。

老二认为，自己水平最高，许多青年摄影爱好者都是冲着他入会的，许多活动也靠他去组织，公章该由他来管。

老四则认为，自己是秘书长，秘书长嘛，天经地义是管公章的。

但是平日大大咧咧的老三，当了主席偏偏认起真来，他说："我是主席，是法人代表，公章必须由我亲自管，否则，出了问题由谁负责？"

老三的态度让几个人寒心，但又无可奈何，谁让你选人家当主席呢？

但是从此老三的话便变得不好使，他出面组织的活动，哥几个总是推推托托。老三成了光杆司令，内心十分孤独。

这日，老三请几人去荷花亭赏荷饮酒，并说有重大发现告诉大家。尽管他打手机一遍遍地催，但哥几个还是姗姗来迟。正是荷花盛开的季节，荷花池里莲荷盈盈，红白相间，煞是好看。要在以往，哥几个早开始商量角度，进行拍摄了。但现在他们只管喝着闷酒，每个人的脸上都写满心事。

老三说："你们知道我今天为什么让你们来吗？告诉你们吧，我发现了一枝并蒂莲呀！"

哥几个一下子来了精神。"并蒂莲！这可是难得一见的好东西呀！古书上多有描写，生活中极难发现，听说外省有个人，发现了一枝并蒂莲并把它拍成照片，版权竟卖了10几万元。老三你快说，并蒂莲在哪里？"

老三说："告诉你们可以，但以后你们要积极支持我的工作。我们本来就像并蒂莲一样啊！"

哥几个就参差不齐地点头。

老三就带大家来到塘边，以一竹竿拨开一片肥大的荷叶。天哪，水中真有一枝含苞待放的并蒂莲！

　　哥几个几乎同时习惯地举起相机，咔嚓咔嚓一阵猛拍。老三却说："不用急，等它明天开放了，再拍岂不更好？"

　　大家兴奋地约好，第二天早早来拍并蒂莲。接下来的气氛好多了，老大老二和老四都说："老三你既然这么无私，我们会支持你的。"

　　老三就饮了一大杯酒，险些流出泪来。

　　第二天很早，天还黑乎乎的看不清景物，哥几个就陆续来到了荷花亭。他们一边说着许久没有说过的亲昵话，一边等着天亮。

　　太阳终于出来了，激动人心的时刻来到了，老三又带大家来到塘边，他拨开荷叶，却如傻子一样定在那里。

　　水中的并蒂莲不见了！

　　其他人也霎时一片慌乱，他们大声地互相质问着："怎么回事？怎么回事？"

　　但他们谁也回答不出这是怎么回事。老三仔细地审视着每一个人的脸，想从中找出盗花者，那几个人也在看着他，想着他是不是耍了大家……

　　老三忽然哭了起来，他越哭越伤心，最后带动另外几个人也哭了起来。老三边哭边说："天哪，这是怎么了啊！原来我们的关系是多么好啊，怎么弄到了这种地步啊！"

　　老大也边哭边说："是啊是啊，到底是什么破坏了我们的友谊啊！"

　　老三突然从包里拿出了那枚公章，他举着它恨恨地说："都是这东西惹的祸。地位、名利，统统让它见鬼去吧！"

　　几个人异口同声地说："对，让它见鬼去吧！"

　　老三一扬手，那枚该死的公章划出一条并不美丽的弧线，飞落到池塘深处。

　　哥几个随即抱在了一起。他们就像并蒂莲那样迎风怒放。

浪子回头

这是我青年时代的故事了。现在说出来列位可别模仿，而且现在的时代这招也不灵了。

那年我招工进厂，放眼一看，妈呀，全厂光工人就一万多，在这儿干一辈子连工友还认不全呢。像我这样一个既无家庭背景，又无经济实力，也无过硬的文凭和技术的毛头小子，想在这儿出人头地，难，比登天都难！

但是你别忘了我是个聪明人，在经过一番痛苦的思考以后，我找到了一条快速成名的途径并开始实施，这条路便叫"浪子回头"。

首先我要成为"浪子"。这时我才发现人要干坏事要比干好事简直容易几百倍。我在车间里喝酒闹事，打架斗殴，整天闹得鸡飞狗跳。有一天，我拎一把铁榔头，把来管我的车间主任追得拼命逃窜。很快，我在全厂出名了。一提"拼命三郎"，一万多人没有不知道的。好了，我的第一步计划实现了。

我们的厂花——团总支书记李如月就是这时候来到我的身边的，她本来不在我们车间，但她主动要求调到了我们车间，和我来搞"一帮一，一对红"。乖乖，这小妞真是靓得晃眼，过去我一是没勇气跟她说话，二像我这样一个人，她也不会正眼看我。可现在，她竟然主动来找我了。

李如月开始找我"谈心"。我心中高兴，但却装作爱理不理。就这么一个美丽的公主，动不动就约我散步，并从各方面关心打动我，我心里那个甜呀。她每次找我谈心，我除"饱餐秀色"以外，只是一味地沉默。

我也装作有所收敛，适当给她一点信心，她找我的次数就更多了。这一天，我索性给她摊牌了。我说："大书记，你这样在我身上下功夫，到底是为啥？说实话。"

她说："为了帮助你。"

我说："你不用跟我玩虚的，你是不是想拿我出名？"

她的脸红了一下，说："是又怎样，不是又怎样？"

我说："如果是，你老实承认，我成全你。"

她说："那就算是吧。"

我说："爽快！其实我也不想这么过了，我可以浪子回头。但我有一个条件，你必须答应我，否则免谈。"

她说："什么条件？"

我说："很简单，你得跟我搞对象。"

她毕竟是个姑娘，憋了半天才说："好，这要看你改变得怎样。"

从此，我开始"脱胎换骨，重新做人"。也真奇怪得很，同样是一件事，如果别人去做，那就太正常不过，但要是我去做了，那就成了新闻——浪子回头金不换嘛。在李如月的帮助下，我以日新月异的速度进步着，很快，各种荣誉滚滚而来——先进生产者、劳动模范、勇敢斗歹徒的英雄……我一时成为新闻媒体追踪的目标，也不知道从哪里冒出来那么多记者采访我。

李如月呢，当然更是名声大振，一大堆诸如思想政治工作标兵、帮助落后青年的典型等头衔纷纷落到她的头上，她很快平步青云，成为工厂的团委书记。后来，省里还组织了一个报告团，由5组不同的"一对红"典型巡回演讲，我和李如月配合默契，演讲生动，成为最引人注目的"一对"。

你问后来的情况，我告诉你两点：一是李如月真的和我结婚了——这又成为重大新闻；二呢，自从我"回头"以后，我做的许许多多事情，可都是真心实意去做的。我这个人嘛，本来就是个好人。

二倔子轶事

　　我们村的二倔子一是倔，二是喜欢怀旧。他的这两个特点凑在一起，就闹出许多笑话来。

　　那一年，村里通了电，家家户户都欢天喜地，盼着电工快把电灯拉到家里来。唯有二倔子无动于衷，他说："我才不安那东西呢，浪费钱不说，如果一个不小心，电死了，找谁说理去。"结果，他家硬是没安电灯。

　　这天晚上，全村一片雪亮，村民欢呼雀跃，就像过年一样高兴，唯有二倔子家仍点着煤油灯照亮。他家的孩子去别人家里看电灯，眼热得不行，回来求他也把电灯装上，他却瞪起眼睛道："你们看别人家好，就去别人家住吧！"

　　二倔子坚持使用煤油灯，直到后来街上买不到煤油了，又没有听说有谁电死，他这才勉强装上了电灯。

　　村上接着就开始安装自来水。二倔子故技重演，说什么也不肯装。正巧自来水的管道要从他家院子里过，这家伙死活就是不让，害得人家不得不把自来水管道拐了一个弯。

　　一村人很快吃起了自来水，只有二倔子每天还要去井台上挑水。村人笑他，他便说："哼，你们知道那自来水有多脏吗？听说撒了药哩。这井水咱都吃了多少辈子了，有多干净！"

结果，因为只有他一家吃水，那井没有人淘，还有人把死猫烂狗扔进去，他家的人终于生起病来。二倔子无奈，这才跑出去求爷爷、告奶奶，费了好大劲才把自来水装上了。

很快，村里人又开始装电话了。二倔子对此更是嗤之以鼻，他骂："有俩臭钱烧包啥，安电话？买架飞机得了！我就不信我不装电话就能死。"

但是这时二倔子的儿子却已长大了，他的脾气也很倔，没经二倔子同意，就硬是把电话装上了。为此爷俩大吵一通，一个要把电话砸了，一个说你要敢砸电话，我就敢烧房子。他们闹得不可开交，最后以儿子分家而告结束。

随着农村城市化步伐加快，村里开始集中规划建楼房了。新楼一建成，村民争先恐后搬了进去。又是二倔子赖在老屋里面不肯搬。他说："我在这儿住了一辈子了，为啥要搬？上楼，连个院子都没有，上来下去还要爬楼梯，我为啥要上楼！"

二倔子坚持住在他的老房里，谁劝他也不听。先还有老伴陪着他，后来老伴去世了，就剩下二倔子一个人住在破平房里。

二倔子没想到他的麻烦大了：原来村里的老宅子拆的拆、扒的扒，各家的老鼠找不到吃的，慢慢都集中到二倔子的屋里来，它们偷吃他的粮食、偷吃他种在院子里的蔬菜，闹得他彻夜不得安宁。

但是二倔子依然不肯上楼，反而发狠跟老鼠干上了。他买来鼠夹、鼠药，每天疯了一样打鼠灭鼠，还拿铁锹到处乱挖，想保住自己这片最后的领地。谁想房子年久失修，又被他挖松了墙根，这天一阵狂风大雨，房倒屋塌，二倔子竟被砸死在里面。

大家都说，二倔子纯粹是倔死的。

一　生

七爷的老伴过世了，谁也没有想到七爷会哭得那么伤心，他说："我对不起她呀！"

大家都知道七爷说的"对不起"指的是什么——老两口一辈子就没有在一起住过。

说起来这也是包办婚姻把人害的。七奶当年是以童养媳的身份进入七爷家的。七爷那时虽然还小，但他已经开始不喜欢七奶，经常变着法子欺负她。家里人说："这是你的媳妇呀，你为啥欺负她？"七爷就撇撇嘴说："谁要谁要，我才不要她呢。"

七爷十六岁，七奶十四岁那年，父母强迫着给他们圆了房，但第二天早晨一看，"新郎"却睡在外面的柴火堆上。以后任由父母打骂，他死活也不肯上"新娘"的床。老人们叹了一声："作孽呀。"以后就由着他去了。

七爷十八岁这年，跑去当了兵。他跟着解放军打了不少胜仗，但他本人既没有挂彩，也没有立功，几年以后就那么平安地回来了。

有人说当兵三年，见了母猪都亲。家里人寻思七爷这回该喜欢七奶了吧，可是没有，七爷仍不肯去七奶的房间睡觉，几年没见面，也不肯和她说一句话。

七奶除了以泪洗面，别的本事一点没有。她越是这样，七爷越不喜欢她。

老人在时，天天都为这事唉声叹气，他们甚至让别的男人悄悄对七爷进行考验，结论是他一切正常。特别是七爷后来和外村的一个小寡妇私奔了一段时间，就更证明他是个完整的男人。

眨眼，老人先后过世，再没人来管七爷的事。七奶看看无望，便想方设法过继了一个孩子，当宝贝一样养着。

后来有人曾劝七爷，实在不行，你们就离婚吧，不然这算什么。

七爷想了一想说："不能离，我丢不起那人，也对不起父母。"

再一眨眼，七爷和七奶都已老了。继子已经长大，和七奶住在一起；七爷呢，还是住在另一间房子里。

每天早晨，七爷都会早早起来，他打一只鸡蛋在碗里，然后用开水一冲，把它喝下去，接着就村里村外地去溜；然后回来喂牲口。这时七奶已把饭给他端进他的屋里，他吃罢喝罢，把碗一推，七奶就去收走。但是两个人仍然不说话，甚至都很少对看一眼。

有人问七奶，"他对你这样你怎么还伺候他?"七奶叹一口气："这都是命啊，这是我哪辈子欠了他的，我就当他是我爹吧。"

那天夜里七奶忽然死了，七爷听了，怔了半晌，然后就号啕大哭起来。

七奶死后，七爷明显见老，过了没两年，他也撒手人寰。

继子听了村人的话，把老两口的尸骨并在了一起，埋成一座大坟。

这一回，七爷七奶总算住在一起了。不知他们在地下是否能够亲热。反正那座坟堆给他们的一生画上了一个句号。

月白丈人

人人都叫他"月白丈人"，其实他是个老光棍。"月白"的意思大概是叫的白叫，听的白听。

然而，他老人家却乐意别人这么叫他。无论大人孩子，只要喊了一声"月白丈人"，他便笑逐颜开；嘴里一边骂道："你这小子！"一边就亲热地请人家进屋，有好吃的给吃，有好喝的给喝。

从他自己和上年岁的人的嘴里，大家渐渐知道了月白丈人过去的一些事情。

原来他本不该打光棍。年轻时邻村有个漂亮姑娘拼死拼活爱上了他。两人已经定好了日子"私奔"，不料临行前，他的朋友发现了蛛丝马迹，刨根问底之后，便劝他千万别做这缺德事儿，又说姑娘如何名声不好。他耳根一软成千古恨，后来倒是他的那位朋友把他那位女子领跑了。

月白丈人也不该在农村困苦一生的。解放战争时期，部队的一位首长住在他家，吃他做的饭。他不仅饭做得好，而且还有一手做"甩袖汤"的绝活儿。开锅以后，鸡蛋一抢，水面上便会出现一只活灵活现的鸽子。首长很高兴，便要带上他走。这时又有人劝他："可别去找死啊！炮火连天的，子弹可不长眼睛。"他耳根又一软，便找借口回绝了首长，从此也只能"顺着垄沟找豆包吃"了。

每提起这些事，月白丈人自然痛心疾首，恨自己一辈子吃了耳根软的亏。假如当年他领那女子走了，现在别说老丈人，就是姥爷和爷爷也当上了。又假如他跟着首长走了，现在最次也是个吃官饭的。唉，一步错百步错哟！

但世上没卖后悔药的，月白丈人毕竟还得活着。他为自己辩解道：假如当年领女子跑了，说不定让人抓回来打死哩；假如跟首长走了，也真没准碰上子弹哩！

他的耳根依然软，做事仍犹豫不决，真是江山易改，禀性难移。

但到后来，他的耳根毕竟硬了一回。

那日，村人赵武拎着个酒瓶走进老汉的院子，粗喉咙大嗓地说：“月白丈人，我寄放你这儿点东西。”月白丈人一看他拎着一瓶酒，便笑咪咪地说：“好啊，给我送酒来了，孝顺，孝顺。”

赵武说：“这可不是酒，这是敌敌畏，准备打虫子的，可放在家里怕孩子喝了，放你这儿几天吧！”

月白丈人说：“放就放吧，你真逗。”

赵武把瓶子放在屋里窗台上，忙忙地往外走，却又返回来说：“月白丈人，那可真是敌敌畏啊！你可千万别喝啊！”赵武走了。月白丈人拿起瓶子看了又看，清亮透明，外面又贴着老白干的商标，便笑骂道：“这小子是怕我一个人把酒喝了哩。小心眼儿，来，我先抿它两口再说。”

他拿起瓶子也没闻闻，一仰脖儿咕咚咕咚便是两口，咽下去才觉得不对味儿，但已吐不出来了。月白丈人挣扎到街上，一边喊人往医院送自己，一边就倒在了地上。医院离得太远，及至众人气喘喘把他送到地方，老汉已经不行了。他说出的最后一句话是：“你们不要怪……赵武，是我……没听他的话。”

月白丈人就这样死了。

浪漫情人节

　　好像只是睡醒一觉起来，两个人就已经人到中年了。人到中年的夫妻俩，忽然感到他们自从结了婚就没有浪漫过。

　　孩子、房子、位子、老人……在这座偏僻的小城里，这一切把他们压得喘不过气来。现在终于好了，一切都在奋斗之后变好了。两个人就开始商量说："我们也要活得浪漫一点了。"

　　正赶上过情人节，浪漫的西方情人节。

　　女人就对男人说："情人节，我也要过。"

　　男人反应热烈："过就过，我们今天晚上也出去。"

　　女人就筹划说："我看这样，我们分头出去，还在当年的老地方约会。哎，你应该带什么去？"

　　男人想了一想："当然是玫瑰花呀！"

　　女人就高兴地笑了："还算你聪明！"

　　天刚黑下来不久，男人就衣冠楚楚地先出了门。出了门他才看到，今天大街上的人可真多，而且大都是成双成对的青年人。他的心也立刻变得亢奋起来，脚不停步一直奔向就近的花店。

　　离花店越近，男人的脚步越犹豫。他看到花店里清一色都是年轻人，特别是卖玫瑰花那地方，挤挤挨挨的全是小伙子。他还听见店主在嚷：

"玫瑰花50元一枝了。"

男人凑了过去，他立刻感到有许多目光落在他的身上，虽然都只是一闪一瞥，但他立刻读出了其中的含义，而且，这玫瑰花也太贵了吧。我们都老夫老妻了，值吗？

他这样想着，便转身走开，他又朝另一家花店走去，很希望那里没人，花也便宜，他买上就跑。

这时，女人已经花枝招展地站在当年他们约会的地方了，她立刻发现这里成了青年人的世界，年轻人们放肆地搂抱亲吻，有的甚至弄出声音。由于她占了个好地方，几对青年过来想强占，但她就不肯走，有的小青年就骂："哼，老妖精……肯定是婚外恋。"她立刻感到全身好像扎了刺一样，幸亏她带了一把雨伞，赶快把自己遮了起来。

越是急，越等不到男人，女人的好心情便开始一点点飞走。终于，男人气喘吁吁地来了。女人往他手上一看，竟然是空荡荡的。女人就压低声音不高兴地问："花呢？"男人的眼睛机警地往四处看了看，指指自己的怀里，女人这才发现，男人的西装里面，隐约露出一枝花来。男人压低声音说："买花真难，我最后是在卖花女孩手里买的花，10块钱一朵，这是最便宜的。"

两人在那地方站住了，互相拉住了手，他们闭上眼睛使劲寻找当年的感觉，可无论怎样也找不到。等男人鬼鬼祟祟从怀里掏出花来，近处传来的几声窃笑立刻让两个人无地自容。

"我们走吧。"女人接过花来说，她觉得男人递花的动作和自己接花的动作都不够浪漫，她觉得非常扫兴。

"好吧，我们走，"男人说，"这里已经不是我们的世界了。"他拉起了女人的手。

两人就沿着大街漫无目的地往前走着。因为女人手里拿着玫瑰花，就又招来许多猜疑的目光。女人本想硬挺，但到底还是受不了了。她把玫瑰花往男人怀里一插，说："还是放在这里吧。"男人就说："唉，真恨不得写个'我们是夫妻'的牌子举着。这个鬼地方，真封建。"

再往前走，他们就坦然多了。他们手挽着手，一齐坚定地去迎接所有的目光，而且他们还主动出击，看着大街上所有的西洋景，猜测着所有的男女彼此的关系。

后来他们来到一家西餐厅，好不容易才找到了座位，他们坐下来，好半天还不能适应这里的气氛。

所有的桌前都坐满了情侣，他们之间有的点着蜡烛，或者拉下头顶的吊灯，整个房间灯光昏暗；没人喧哗，只听见人们的窃窃私语声。这种神秘的气氛，让他们既兴奋又有点不安。

侍应生过来要他们点吃的喝的，两个人立刻露出了马脚。他们还是头一次来西餐厅，不知道西餐到底怎么点，怎么吃。在你推我让之间，他们分别打翻了桌上的水杯。他们的蠢行立刻引来一片怪异的目光。在慌乱和尴尬之中，男人点了一个炒饭，女人则点了一份通粉。

他们在一种羞愧的状态下吃完饭，赶紧走了出来，他们听见四周的私语声仿佛在嘲笑他们是"老土"。

现在他们终于走在回家的路上了。男人女人一边互相擦着弄湿的衣服，一边互相埋怨着什么，直到现在，他们仍没有找到一点浪漫的感觉。

快到家的时候，男人忽然想起了怀里的玫瑰花，他把它拿了出来，问女人怎么处理。女人说："是啊，是得处理了，不然让孩子老人看见，准把咱俩当精神病。"

男人就又贼溜溜地，想把花扔掉，女人说："别扔，10块钱呢。"他们又往前走了一段，忽然看见路边的一个墙角里有一对青年人在亲热。男人灵机一动，用嘴巴指指那里说："把花送给他们吧。"女人立刻点头同意了。

男人就大踏步走过去，惊得那对鸳鸯急忙分开，警惕地望着他，男人赶紧说："别害怕，我这儿有枝玫瑰花，我们……用不着了，送给你们吧，祝福你们。"

他清楚地听见那男孩说了声谢谢，他转身急忙往回走，上前挽住了妻子的手臂。他们的心情一下子好了起来，女人甚至把男人的手臂举起来，挥了几下。

他们的心情终于浪漫起来了。

妻的心态

眼看着那纸钱在坟前燃尽了，妻如释重负松了一口气，松爽地对我说：

"走吧，这回好了。"

她的脸上蓦然现出了久违的笑容。

我望着她，心里格外沉重起来。

坟里的死者与我们无亲无故，我们来为他烧纸，全是因了妻的心态。

"天哪，我真受不了啦！"每当天亮，她就拍着脑袋对我诉苦，"怎么一闭眼就是梁老太太？"有时半夜她会惊醒，浑身冷汗。她一个人说什么也不敢在屋，说到处都是梁老太太的影子。胆小的女人啊！

其实梁老太太活着的时候非常慈祥，妻怕，都是因为那篇该死的作文……

电大考试，作文题为《亲人》。妻想起前院梁老太太平日待我们不错，就灵机一动，写了她。可她"妙笔生花"，最后竟虚构梁老太太已死，说我们的孩子日日夜夜哭着找"奶奶"。

这件事梁老太太本来永远不会知道，谁知当妻的作文被选登在电大内部刊物上时，梁老太太竟真的死了。

"天哪，她怎么就会死呢？"妻惴惴地说。

"这是犯了小人语，"我故意吓唬她，"梁老太太是被你咒死的。"

妻"噢"的一声叫起来，把刚到手的那份内部刊物撕得粉碎。从此她的精神便垮了。

我拼命劝她，千方百计帮她解脱，终无济于事。到最后，她竟认定自己便是杀害梁老太太的凶手了。无奈，我只得带她来上坟……

"梁大娘，我该死，我对不起您老人家，请原谅我吧！"

妻长跪坟前诉说，泪水纷纷落下。

坟前起了小风，纸灰纷纷飘散。妻高兴起来："快看，梁大娘使钱了，她原谅我了。"

这日回家，妻睡得极香甜。

我们的生活重新充满阳光。

不久，电大举办作文竞赛，题为《记一个难忘的人》。妻回来告诉我，她又写了梁老太太，而且这次又叫她死而复活了。

她一身的轻松愉快。

我的心情却越发沉重起来。

规　矩

如果不是那次偶然的停车事故，三皮也许仍然发现不了他的自身价值。

车出了什么毛病他忘了，这也并不重要，重要的是车停在了半路上。他正急着鼓捣机器，猛听见周围"师傅，师傅"地叫成了一片。一抬头，但见四处布满了一张张巴结讨好的笑脸。这笑脸过去似乎只有他拥有"专利"。再看后面，长龙似的摆了十几辆送葬车，连那些汽车头也好像在对他做着媚态。

"师傅，请您抽烟！"

"师傅，我们考虑欠周，请您原谅！"

三皮一时懵了，他真不知道这些人犯了什么病。本来就是机器出了毛病嘛！他想解释，但又不愿打破这种局面。简直太伟大了，我小小三皮竟然也有这么多人巴结了！

三皮挡开所有的手，重新去鼓捣机器，这时候他真不希望机器马上就好。忽然脚下扑通跪下个人来，他吓了一跳，拿眼一看，竟是穿戴相当体面的人物。他用带哭腔的声音说："师傅，求你让我妈顺顺当当地走吧！"话音未落，他又跳起来，飞快地把一只手伸进三皮的衣兜里。

三皮不是傻瓜，他当然知道这意味着什么，此刻他也过够了让人崇拜的瘾，三下两下整着了车，车队又出发了……

晚上，三皮一个人对着桌上的 10 张百元大钞直发傻，这是真给呀！这要是让单位领导知道了还了得？转念一想，这种事情天知地知他知我知。躺在床上把白天的事情一遍遍过了电影，心里如三伏天吃了冰激凌。姑娘们，让你们再有眼无珠看不起老子！过去你们一听我是开灵车的便躲得远远的，现在后悔去吧，甭多，哥们儿每月使几次这样的绝招就得！

没想到人都这么乖，自打有了那回事儿，无论什么人也再不敢小看他三皮了。每次出殡前死者家属都要把他拉过一旁，硬往他的口袋里伸一回手，没别的，求个一路平安。久了，三皮竟习惯了，他想：成！我是死人在阳间的最后一站呀，他们往那头送纸钱，自然要给我真钱了。对，就是这么个理儿，没错！

忽一日，三皮的一个好哥们儿来找他，鼻涕一把泪一把说母亲过世，请三皮去拉。没问题，哥们儿准时到！第二天上灵车了，该启动了，三皮忽然觉得还少了一道程序。可这是自己的好朋友呀，再说他给了也不能要呀！三皮乖乖开动了车子。

汽车嗡嗡往前跑着，三皮觉得自己的脑子也在嗡嗡叫，里头总有两个人在打架。一个说："连个规矩都不懂！给他停车！"另一个吼："不行，我不能六亲不认呀！""认亲？规矩不坏了吗！""规矩啥呀，惯得你个三皮！"两个小人越打越激烈，三皮最后觉得自己成了一个空壳，他对那两个小人都无可奈何了。正在恍惚，忽听脚下"哧"的一响，他吓了一跳，定睛一看，原来是他那只该死的脚自己踩下了刹车。

饼　干

　　四姐经常抱怨："咱家怎么就没有一家外国亲戚呢？要是有的话，咱也可以'应邀'出去逛逛不是。"

　　没想到这一天还真的来了。

　　来人是侨办的一个工作人员。他说，有位美国同胞回乡探亲，提出要见四姐。因为四姐已经退休在家，他是通过单位才找到家里来的。

　　四姐听到这个消息时的表情，就好像看见天上掉下张大馅饼。她愣了半天，才小心翼翼地问："这是真的吗？"

　　侨办的人笑起来："看你这人，我怎么会骗你。我只是想问问你，你是去宾馆看他，还是让他到家里来？"

　　四姐说："可是我家……没有美国的亲戚朋友啊。"

　　侨办的人说："这人实际一说你就会想起来，就是当年住在城南的右派老于啊！后来平反，全家去了美国……"

　　四姐想了想说："我知道这个人，可我和他并不很熟，也没有什么交往，他该不会弄错了吧？"

　　"没有，"侨办的人坚决地说，"他不但知道你的名字，还说出当年你在副食品公司当售货员的情况，怎么会错呢？"

　　侨办的人走了，四姐想痛了脑袋，又发动全家人使劲儿帮她想，可怎么也没有想起对那个右派老于有什么恩德。于是四姐夫就酸溜溜地说："是不是这小子当年暗恋过你呀！"气得四姐和他吵了起来。

这天，于右派——现在的于老先生在侨办人员的陪同下，坐着小汽车，真的上四姐家里来了。他带着大包小包花花绿绿的东西，一见面就紧紧握住四姐的手，热泪盈眶地说："没错，就是你！你当年救了我们全家啊！"

四姐如坠云里雾里，干张嘴说不出话来。

众人坐定，于老先生便感慨万千地说："这么多年，这事一直埋在我心底啊！前些年我不敢说，怕给你找麻烦，现在不怕了，至少你都退休了嘛！"

四姐憋得满脸通红，她吭哧了半天才说："于先生，可我真的没帮你什么啊！"

于先生正色道："还说没帮！我问你，你当售货员的时候，饼干是多少钱一斤？"

四姐说："大概是五六毛吧。"

"那两毛钱应该给多少？"

"给四两左右吧！"

"这就对了。可当年你足足给了我八两多呀！多亏了这八两饼干啊！"

于老先生激动起来，他站起来连比带划地说："那时候，我正落难啊！我去找你买饼干那天，家里已经断顿两天了。我去找队长要粮，可他就是不给。我家里就剩两毛钱了。我把心一横：就用这点钱买点好吃的吧。吃完了，干脆集体自杀算了。我进了商店，你对我笑，说你来了，想买点什么？我说饼干。你动手给我称，添了又添，包了一大包。然后你说走好啊！你知道我的心里多温暖吗？一路上我就想，世界上还是好人多，生活还是有希望的。那八两饼干，我们全家吃了三天，直到粮食发下来……"

四姐瞪大眼睛听完他的故事，好像在听天方夜谭。半天才点点头说："嗯，好像是有这么回事，可是……"

"别可是了，"于老先生说，"这就够了。这些年我一直在想，你给我那么多饼干，肯定自己贴钱了，你没有挨批评吧?"

"没有，"四姐说，"这么一点事，没想到你看得那么重……"

"滴水之恩当涌泉相报啊!"于老先生说着，掏出一沓美元朝四姐递过去，"这是我的一点心意，请收下吧。"

四姐却像火烧了一样连连摆手："不不，于先生，这钱我绝对不能要!"

推了半天，于先生只好把钱收起来。他说："你们看，我说她就是好人吧! 那么这样，我回去以后，邀请你们全家去趟美国吧，所有的费用我包了。"

"会见"就这么结束了。于老先生千恩万谢地走了。后来，他真的从美国发来邀请信，又来了几次电话，但是，一心想要出去逛逛的四姐，却接二连三拒绝了邀请。

全家人对她的行为大惑不解。

有一天四姐说："我可不是那种沾边儿就赖的人。那两毛钱饼干，我想起来了，实际是我当时刚参加工作业务不熟，看错秤了。"

县长打包

新上任的许县长吃饭有个毛病，就是喜欢打包。

按说吃饭打包本是文明之举，剩菜剩饭那么多，不搞"吃不了兜着走"，该是多么大的浪费，但说到底，打包这事毕竟还要讲究个身份和场合。

如果是一个普通人，怎么打包也无所谓；可是身为一县之长，经常打包，并让司机把大盒小盒的剩饭剩菜带上车，人们嘴上不说，心里总觉得有点那个。

就有好奇的人打探起县长打包的秘密来。调查对象当然是县长的司机。

喂，县长家里是不是有很多人吃饭？

没有，县长家里只有他和夫人。

那他家里是不是养着狗啊熊啊什么的动物？

也没有。

那他打包干什么？是自己吃吗？

这个保密，县长不让说。

县长继续打包。

周围的人知道了他这习惯，每次不用县长开口，就有人主动喊服务员打包，然后交给县长的司机带走。

但是，县长打包的事依然是个谜，并继续若有若无地影响着县长的形象。

这一天，县长的司机有事，政府办主任亲自开车送县长回家，这一下，他终于知道了县长打包的秘密。

车子到了小区门口，就看见几个保安立刻笑逐颜开迎着这车，县长便让主任把车停下。不用他开门，立刻有个保安熟练地上前把车门打开，喊道："老板，今天又有什么好吃的？"

县长也不说话，只管将那些饭盒递了出去，主任回头看见，县长这时不知为什么戴上了墨镜。

主任把县长送到楼下，转回门卫时看见几个保安正在那里大吃大嚼。主任停住车，摇下玻璃问道："喂，小伙子们，你们是不是经常吃这样的大餐啊？"

一个保安嘴里鼓鼓地说："是啊，这个老板真好，他隔三岔五就给我们带好吃的。"

另一个说："这些东西别说我们没吃过，就是见也没有见过呀。多亏这位老板……"

主任说："老板？你们不知道他是干什么的？"

保安说："不知道，他没说过，他的司机也不肯说。他到底长什么样我们也看不清。"

主任问："如果他是个领导，你们会怎样看他？"

一个保安说："如果是领导，他当然肯定是个好领导，知道关心我们底层劳动人民嘛！"

另一个保安说："好是好，不过也有点腐败是吧。这家伙，动不动就是山珍海味的，他一顿饭，够我们干一年的了。"

主任的心里咯噔一下，他摇上玻璃驱车离开，心里感到挺不是滋味。他在想：明天要提醒县长，不要再打包了……但是怎么开口呢？县长肯定会说："难道眼睁睁地看着那么好的东西浪费了吗？"

主任想：如果那样，我该怎么回答他呢？

"赛福兰"

　　"赛福兰"是我的大学同学。"赛福"是英文音译，意思是小偷儿。兰呢，自然是他的姓氏。

　　"赛福兰"来自某地贫困山区，头发黄黄，粗手大脚，穿着破旧。好在那时的人还不怎么敢歧视乡下人，贫穷有时还会得到一点尊重，所以"赛福兰"在班里并不自卑。尤其是上劳动课时他表现出色，还受到了辅导员的表扬哩。

　　千不该万不该，他不该干出"赛福"的勾当来。

　　那日晚，在教室自习罢回寝室，骤然发觉寝室里空气万分紧张。寝室长说："好了，现在大家都回来了。我现在说件事，有人拿了郑一同学的钱，肯定就是我们10人中的某人干的。谁拿了，现在承认还来得及……"

　　所有的人都惊呆了，你看看我，我看看你，谁都不相信，大学生中还会有人偷东西。

　　沉默，长久的沉默。

　　寝室长说："好，没人承认，那只好搜了，每个人都要搜……"

　　这时有个同学说："等一等，我憋不住尿了，能不能等我上完厕所之后再搜？"

　　另一个同学也说："我也憋不住了。谁这么缺德呀，好汉做事好汉当嘛，害得大家都成被怀疑对象了！"

经批准，两个人结伴出去了。这时就见赛福兰从床上跳下来说："我也去。"随后拿个脸盆追了出去，过了一会儿，那两个同学回来了，赛福兰却没有回来。问他们，他们说没见到他。正说着，赛福兰也进来了，端着脸盆，里面放件衣服。

不用说，赛福兰成为重点怀疑对象，大家互相搜查过后，又去水房搜查，但什么也没有搜到。

奇的是这天夜间，郑一的钱又自己长腿跑了回来。这下郑一又说不清了，有人怀疑他压根就没丢钱。郑一为证明自己清白，这天单独把赛福兰约了出去，也不知他采用了什么手段，反正赛福兰承认事情是他干的。郑一当着寝室同学的面把他打了一顿，从此"赛福兰"的绰号便诞生了。

从此，寝室同学都对他格外警惕。

赛福兰旧病复发，是一年以后，和他并排住在一起的一个学生丢了粮票，不用说也是他干的。

尽管这次他死不承认，但寝室的同学还是对他采取了"革命行动"，把他的行李物品全扔出门去。他只好在走廊上蜷缩了一夜，引得整个宿舍楼都轰动了。

这件事不仅惊动了辅导员，也惊动了院长。院长亲自来到我们寝室对大家说："对他的行为我们要处分，但还是要给出路。我曾在他家乡一带下过乡，知道那里出个大学生不容易。"

但是全寝室的人寸步不让，院长和辅导员只好把他安排去别的寝室。不久，学校给了他"留校察看"的处分。

但是时隔不久，赛福兰又跑到学校旁边的果园去偷吃苹果，被人家捉住押到学校里来，把全班人的脸、大学生的脸都丢尽了。

于是我们发出怒吼，贴出大字报，发起了一场"驱兰运动"。但院长却岿然不动，他说："驱兰运动，嘿嘿，这是什么运动，真是笑话！"

接下来便有传言，说赛福兰和院长有亲戚关系。正当我们要给院长贴大字报时，上头却不允许再贴什么大字报了。"驱兰运动"宣告失败。

从那时直到毕业，赛福兰一直很老实，他终于拿到了毕业证书。

再见到赛福兰，已是二十年以后的事情了。这时的他，已是一位高级工程师了，早有了温暖的家庭和辉煌的事业。他的穿着打扮和外貌气质，也早已不见了当年的猥琐。

见到同学，赛福兰似乎有点不好意思，轮到他发言，他走到台上去说："当年由于我家庭困难，给同学们添了不少麻烦，在这里我向同学们道歉，并感谢大家对我的帮助。"

他一连给大家鞠了三个躬。

大家回想起当年的"驱兰运动"，这才发现院长的伟大之处。我们对老兰说："你应该去给院长鞠躬才对。"

老兰说："在他坟前，我已经这样做了。"

故乡人物二题

杜大彪

在我的家乡，一直有一个英雄的传说，英雄的名字叫做杜大彪。

"彪"这个字，原本的意思是小老虎，但在北方方言中，"彪"字却还有另外一层含义，那就是指人勇猛有余但又带有傻气，称人为大彪，这种含义的分量就更重了。

据说，杜大彪当年在战场上曾立下过赫赫战功，他的功劳牌子挂满了前胸。所以在他转业回地方的时候，部队领导特批他带回了一把手枪。这个说法我至今表示怀疑，但杜大彪后来打死了人却是事实。

当杜大彪胸前挂满军功章出现在我们县城的街道上时，假如他的腰间真的还别着一把手枪的话，可想而知他是何等的威风。

但是老人们却回忆说，杜大彪这人却和气得很。他每天总是满面笑容地走过大街，嘴里说着这样的新词：楼上楼下，电灯电话；点灯不用油，种地不用牛，共产主义在前头……

杜大彪的和善态度使人们敢于接近他；特别是一班小孩子，更是踊跃上前，去摸他胸前的功劳牌子。有的干脆就说："刘叔叔，给我们讲讲你的战斗故事吧。"杜大彪便嘿嘿地笑起来，他说："没什么好讲的，就是把脑袋掖到裤带上，为了新中国，前进呗！"杜大彪把大手一挥，做了一个漂亮的前进姿势，眼睛望着远方，那模样用现在的话说应该叫做"酷"。

孩子们把杜大彪缠得久了，他便说："来来，我请你们吃糖吧。"于是孩子们便前呼后拥跟他进了商店，杜大彪便从兜里掏出钱来，买一堆糖果发给孩子们。如果赶上他的衣袋里没有钱，他便对售货员说："我是杜大彪，给我称二斤糖块，记在我的账上。"售货员知道他是大功臣，便照办不误。过不了几天，杜大彪便去把钱还上。

杜大彪请孩子们吃糖，也请大人看戏。那时县城里有个戏院，每天晚上都有演出，当时的门票只要一毛钱，但仍然有许多人看不起，整晚上在戏院门口徘徊。如果赶上杜大彪来看戏，那他们就幸福了。杜大彪过去对把门的人说："我是杜大彪，把他们都给我放进去。"把门的不敢反抗，人们便一拥而进。但是，戏票钱杜大彪却是不会给的。他说："看戏嘛，多一个人少一个人怕啥？我让人进去，是给你捧场呀！你们还应该感谢我哩！"戏院知道他不好惹，只好忍气吞声。

杜大彪在城里这样住了几年，忽然觉得有点不耐烦，便和家人一起搬到乡下居住。他下乡不久，便赶上了三年自然灾害。杜大彪杀人，也就发生在这个时候。

那时，粮食紧缺得要命，公社粮站便成了人们心中最神圣的地方。杜大彪因为吃的是国家供应粮，所以他经常要和粮站打交道。这一天，他发现粮站出了问题。因为他发觉，他买回的粮食里面掺了越来越多的沙子，周边吃公粮的人也发现了这一问题，并有人来向杜大彪汇报。

杜大彪就去找粮站主任理论。

粮站主任吃得挺胖，他对杜大彪也不怎么熟悉，所以他态度傲慢，他说："粮食里有点沙子是正常的，有这样的粮食卖就不错了，你如果嫌弃，可以不买嘛。"

杜大彪没有吭气，他转身走了。

当天夜里，杜大彪潜入了公社粮站，也活该有事，粮站主任和一个手下往粮食里掺沙子，却被杜大彪逮了个正着。只听杜大彪大吼一声："你这个丧尽天良的东西，今天你撞见老子，算你倒霉了！"

粮站主任抬头一看，但见眼前站着一个黑铁塔似的人物，最可怕的是他手里有枪，黑洞洞的枪口正指着他的脑袋。粮站主任立刻磕头如捣蒜，连喊："爷爷，我错了，饶命呀！"杜大彪双目喷火，从牙缝里一字一句地说："老子们打下江山，容不得你来糟蹋！"说着扣动扳机，将粮站主任脑袋打碎，然后对他同伙的大腿也开了一枪。

杜大彪打死一人、打伤一人的消息震动了全县，经过调查，最后的处理结果是粮站主任白死，杜大彪被摘掉了两块勋章，并收回了他的手枪。

这就是有关英雄的传说。

刘大肚子

刘大肚子因食量惊人而得名。

如果刘大肚子生在今天，他肚子再大也无所谓，反正粮食有的是，你放开吃就是了。但他偏偏生不逢时，生在口粮紧缺的时代。

那时候也真奇怪，土地也是那些土地，人也天天出工干活，甚至寒冬腊月也不让人闲着，催着赶着百姓去炸山治河，可到头来呢，土地却打不出粮食来。广播里天天说这丰收、那丰收，可从南到北的城市和乡村，人们都吃不饱饭。城市人口每人每月定量 28 斤粮食，农村人口每年每人定量 360 斤粮食。就是这么多，不够吃活该你倒霉。

刘大肚子就在这种时候出生了，而且他偏偏又生在北方的一个县城里，他妈从小就骂他是饿死鬼托生的，是来家里讨债的。

刘大肚子从小便过着半饥半饱的生活，他说他第一次真正吃饱饭，是在下乡那天。那天贫下中农欢迎知青进村，蒸的是白面馒头，还有猪肉炖粉条，随便造。这下刘大肚子来了精神，但见他风扫残云一般，三口两口便吞下一个馒头。生产队长见他吃得勇猛顽强，就说这位同学你慢点吃，今天你想吃多少都管够，明天可就要吃定量了。刘大肚子起初有点害羞，但随后他说："你让我吃多少，我就能吃多少。"

生产队长来了情绪，他去找来一根扁担，拿来馒头一个一个地摆满，说："你若能吃掉这一扁担馒头，以后我多给你一份口粮。"刘大肚子说："此话当真？"队长说："我吐口唾沫是个钉。"刘大肚子立刻上前，一个一个从头吃起来，其间还不忘吃菜喝水。全场鸦雀无声，人们都在看着刘大肚子吃馒头，他不慌不忙整整吃下了18个馒头，最后说："我的妈，总算吃了一顿饱饭。"

刘大肚子一吃成名。生产队长说话算数，真的多给了他一份口粮。

刘大肚子能吃，却也能干。比如上山打石头，别人都要二人一组，一个掌钎，一个抡锤打眼儿，但刘大肚子不用，他是一手扶钎，一手抡锤，打眼速度比两个人都快。还有挑担、扛粮什么的，刘大肚子总是一人能顶几人用，三百多斤的油桶，他一个人扛起来就走。

说到这里又生出一点遗憾，其实像刘大肚子这人，也属于被埋没的人才，如果当时有人发现他，培养他去当举重运动员，他肯定会拿金牌回来，可惜……还是生不逢时呀！

接下来知青返城，别人都打破脑袋抢着走，唯有刘大肚子无动于衷，直到最后一批连锅端，他才不得不走了。临走时他掉了眼泪，他说："我在农村吃两份粮食，再加上蔬菜瓜果，我能吃饱，我回城去又要挨饿了。"生产队感念刘大肚子对农村的热爱，一级一级地写证明报上去，刘大肚子回城以后，居然也领到了两份供应粮。乡亲们也不时进城来看他，每次都给他带来土豆啊倭瓜啊等吃的东西。

刘大肚子在农村三年，养成了半截黑塔，又因他以能吃而闻名，所以他的婚姻成了老大难，直到三十岁的时候，才和一个绰号"大尸首"的女人结了婚。"大尸首"，可想而知也是人高马大之人，虽不像他那样能吃，却也技压群芳，于是吃饭问题便成了他家的突出矛盾。特别是他们的两个孩子降生以后，他家几乎每月都闹粮荒。

刘大肚子不得不利用业余时间偷偷外出打工，目的是赚钱去买高价粮。刘大肚子的拿手绝活是打压水井，别人打井都要组织打井队，但刘大肚子只率领"大尸首"一人便可以连战连捷。有时"大尸首"有事，他一人单枪匹马两天之内也完成过一口井。当他抡锤往地下砸钢管的时候，真是山摇地动，那力量不亚于气锤。

刘大肚子外出打井，还可以把自己的嘴带出去，无论是单位打井还是个人打井，都要管吃管喝。凡请他的人都必须为他提供充足的食物。有一次，他给国营食堂打井，中午人家给他烙了30张馅饼，他一口气吃了20张，然后他有点不好意思地对人家说："剩下这十张我想拿回去给我儿子吃，你们能不能再给我做点面条。他一口气又吃下三大碗面条。"

时代终于变了，地还是那些地，而且庄稼人也没有那么辛苦了，可每年打下的粮食却怎么也吃不完。刘大肚子这时却有点老了，又得了轻度半身不遂，他的饭量逐年下降，但还是要比正常人能吃得多。

"大尸首"死了以后，刘大肚子开始轮流到两个儿子家里去吃饭。儿子还行，但儿媳妇一个比一个刁蛮。虽然城里的粮食也有的是，但她们还是嫌他能吃，骂他"吃一锅，拉一炕"，儿子不在眼前就连推带搡。

后来刘大肚子的病越来越重，无法行走，两个儿媳妇你推我我推你，好几天也没去叫他吃饭。等在外面忙的儿子发觉赶去，但见他们的爹口里塞满生米，已经活活饿死在床上。

奇人三题

秃耳于

把秃耳于当成红土沟的第一奇人来写，的确有点抬举他。他是个偷儿。

据说，秃耳于的"偷技"相当高超，他会飞檐走壁。有人亲见他的两只脚心上各长一根长毛，夜间那毛便立起来。只要秃耳于说声："起！"两根毛便将他的身子悬离地面，他脚不点地迅速前行。需要蹿房越脊，只一纵身，几丈高的城墙也挡不住他。

其实，这不过是人们的夸张想象。秃耳于的所谓飞檐走壁，完全是靠他的飞抓。而且他行窃也绝非万无一失，他的一只耳朵就是因为一次被人拿获而丢掉的。

但秃耳于的确是个义贼，他绝不偷一般百姓家，专偷富户大家。他们越是高墙大院、壁垒森严，他越是要去动手。几次得手后，秃耳于名声大振。

那一年，县城里来了日本鬼。在百姓眼里，日本人个个都是凶神恶煞，许多人一见日本人的影儿就心惊肉跳，背地里便说日本人如何如何厉害。秃耳于听了，几丝冷笑闪电般掠过嘴角。他不阴不阳扔下一句："日本人多个球!"转身走去。

过了几日,秃耳于忽然给村上的孩子们发散起花花绿绿的糖果来。有人问他哪儿来的,他笑而不答。接着,有人看见他的腰里多出一把漂亮的"洋刀",于是便猜到了出处。

秃耳于手头越来越阔绰了,常有白花花的大洋和日本女人的衣服送给他的相好,村人便越觉得他神秘莫测。

然而,终于发生了悲剧。

那夜,村里的狗叫得很凶。天麻麻亮,早起捡粪的人看见村口卧着个黑东西,过去一看,却是秃耳于。一身一脸的血,早昏了过去,急忙救起,好不容易弄得醒转,秃耳于便挣扎着要走。口里说:"这地方我待不住了,我杀了日本人!"

大家都惊得目瞪口呆。

秃耳于撕下上衣,大家才看清他的右肩上果然有一处枪伤,便更惊骇。秃耳于说:"小日本真不仗义,哪里有把小偷儿往死里打的?我就还了他一刀。"

他叫人给他包了伤口,收拾了东西,一步三晃走出村去。

太阳一竿子多高,日本人牵着狼狗追进村来,村里一时鸡飞狗跳,恐怖异常。好歹日本人又追出村外去了,但大家仍躲在屋里不敢出来。几个时辰以后,村里又乱了营,日本鬼和汉奸端着明晃晃的刺刀,吼喝着人们到打谷场上去。众人便又见了秃耳于。

此时的秃耳于已没人形,血肉模糊地被绑在一根杆子上,脚下滴了一摊血,众人哪里还敢看他第二眼。

日本人开始训话,叽哩呱啦的,由一个中国人翻译过来给大伙听,意思说谁敢反满抗日,就"死啦死啦"的。

日本人正讲得上劲儿,忽听秃耳于在那儿哈哈大笑起来,接着他发疯一样大喊:

"日本鬼儿,我诅咒你祖宗!你们杀个小偷,算啥能耐!要杀要剐随便吧,老子眨眨眼不算好汉!"

日本人呜嗷一声吼，撒开狼狗扑上去咬。一直到咽气，秃耳于犹自大骂不止。

日本人临走割了他的人头，挂到城门上示众，说是反满抗日分子。村人便将秃耳于稀烂的尸身葬了，坟头堆得高高的。

徐老赌

徐老赌是因在赌场上赢了王麻子的老婆才成为红土沟人的。王麻子的老婆很漂亮，也很有手段，她怕自己再次成为赌徒的"输出品"，便想出许多招数来管束徐老赌。她用柔情蜜意迷他，黑夜睡觉蛇一样缠住他，手抓住他的胳膊不放。但每每醒来一看，怀里的男人变成了枕头，手中的胳膊也变成了笤帚疙瘩。那夜徐老赌说去小解，女人明明听见地下哗哗地响，响了半晌也没歇住，女人说"你可真有尿"，却无人答话。点灯一看，原来是水壶半斜在锅台上往夜壶里漏水。女人叹一口气，哭一声爹，发誓从此再不管他。

女人不顺心，便死得早，给徐老赌扔下一个几岁的女孩。老赌便把她背在背上，照例去赌。女儿便将他的脊背当床，吃喝拉撒睡全在那上面。

徐老赌技术并不精湛，当然也经常输得光光，此时背上的女孩便倒了霉，常常饿得连哭的力气也没有。但若是徐老赌赢了，女儿又进了天堂，想吃什么都有，就这么着也长大了。

徐老赌后来赌运兴旺是因为碰上了二娃子。二娃子虽然是赌场新手，但鬼点子着实不少。他主动提出和徐老赌"联手"，互相照应捣鬼。他们一起规定了许多暗号，从此赌无不胜。

徐老赌高高兴兴地过起了神仙日子。忽一日，他发现自己的闺女长大了，出落成一朵花了。紧接着，他发现闺女和二娃子似乎也在背地里搞联手，哄弄他。

这使徐老赌大为惊骇。这日他和二娃子摊了牌："怎么？小子算计到老子头上来了！癞蛤蟆想吃天鹅肉，做梦！"

二娃子好歹也是见过大世面的人，他不慌不忙往上拜："岳父大人在上，小人……"

"啪！"二娃子脸上立即响了一下。徐老赌破口大骂："去你的，谁是你岳父，老子就是把闺女沤了大粪，也不嫁你这赌……"

二娃子冷冷一笑，徐老赌倒抽一口凉气，至此才相信世界上的事情原来真有报应。他仔细想了一会，便对二娃子说："你想做我女婿也行，只是要戒了赌！我可不能让她走了她妈的道儿！"

二娃子目光霍霍地看他："你戒我就戒！"

"好，一言为定！"

徐老赌竟真的开始戒赌。赌惯了，手真痒啊，特别到了夜里，痒得咔哧咔哧直挠炕席。这夜终于忍不住，猫一样从窗上翻出，一口气奔到赌场，才坐下，只见二娃子也进来了，熟练地坐到他的对面。

"他娘的！"徐老赌猛力掀翻桌子，一溜烟走回家，径直去锅台上摸了把菜刀，但见寒光一闪，右手的四个指头已齐齐掉了下来。

灯光亮处，却是二娃子跪在地上。他指天发誓，从此果不再赌。

六　娘

在红土沟，六娘是公认的污烂货。村上凡有点手段的男人都宣称：他们吃过六娘的"馒头"。

六娘的确长得娇俏，但她的命不好。她是被亲爹以十个大烟泡的价格卖给六爷的。当时六爷还年轻，还能做，手里也有点积蓄。可自和六娘结婚后，身子骨就一年不如一年了。后来就整天地咳嗽，什么活儿也干不动了。村上人都说六爷得了"色痨"，是叫六娘夜里使唤的。

六爷既失了本事，六娘便自寻出路。她大概是本地第一个公开招"拉边套"的人，给她拉套的有正式的，也有业余的。正式的也不固定，她高兴换谁就换谁，说炒谁的"鱿鱼"，对方就得夹起铺盖连胳膊带腿滚蛋。

六娘的名声当然不会好。

那年日本人来了，跟着就出现了汉奸特务队。其中有个外号韩疯子的班长，简直头顶长疮、脚跟流脓——坏透了！这家伙整天骑匹马，以查治安为名，实际成了采花大盗，专门去各村寻找漂亮女人睡。一日这淫棍竟转到红土窑来了。

也该有事，那天正巧红土窑的"窑花"——李家的二囡女在院子里洗衣服。她家院墙矮，被韩疯子看个正着。这家伙立刻被天生丽质的二囡女迷住了。他翻身下马，直闯进李家院子，上前就要拉那姑娘。姑娘尖叫着，引出父母兄弟，大家就要和韩疯子拼命。那家伙拔出手枪，吼道："这丫头是反满抗日分子！谁挡着，就打死谁！"说着真的朝天放了一枪。

枪声惊来了村人，大家纷纷上前说情，姑娘的妈跪在地上给他磕头，可这恶棍坚持要把姑娘带走。眼看一朵鲜花就要惨遭蹂躏。这当儿，猛听见大门口有人"咯咯"地笑，声音清脆如碗里撒豆。这声音使韩疯子也转过头来。他看见门口站着位半老徐娘，红袄绿裤，面若桃花，正在冲他飞媚眼。韩疯子立刻酥了半边，眼睛直勾勾地定在那儿。妇人摇摇摆摆走上前来，轻启朱唇，声音软软：

"哟，这位长官贵姓呀？进营子咋不到我家去坐呀！一个毛丫头，还值得你动这么大的肝火？走，到嫂子家喝茶去！"

韩疯子两眼眯成一条线，哈巴狗似的跟着妇人巅儿巅儿走了。这女人便是六娘。

见他们走了，大家才松了口气，纷纷往地上吐唾沫，骂。李家的人却说："还多亏咱营子有她这么个人哩！"

据目击者说，韩疯子第二天早上从六娘家出来时，脸色发灰，摇摇晃晃，嘴里不住说："好你个浪娘们儿，你等着，不信我整不了你！"

六娘斜倚在门框上，乌云半堆，娇声骂道：

"浪种，不怕死你天天来，老娘管你够！"

以后韩疯子果然便三天两头来六娘家过夜。不上一年，狗熊似的一个人变得面黄肌瘦，咳嗽连天，也成了个"色痨慌子"了。

六娘的名声当然更加不好。但她依然满不在乎地活着。李家二姑娘出嫁的时候，她不请自到，吆五喝六和老爷们儿划拳。一个老相好逗她说："韩疯子的滋味咋样？一定好吧？"谁知六娘突然翻了脸，砸了酒杯跳起来骂："你们真是狗咬吕洞宾，不识好人心！没有老娘我替你们挡着，你们的大姑娘小媳妇能囫囵吗？"骂罢，大哭而去。

臭　脚

　　农民工刘根一登上长途大巴，心里就有点发虚。乖乖，一进门就得脱鞋，这不是要我的好看吗！

　　刘根怕脱鞋，不仅是因为他的袜子大洞连着小洞，见不得人，主要是因为他的一双脚太臭。怎么形容呢，奇臭无比？不，应该说是顶风臭出三十里。

　　刘根忸怩作态地磨蹭着，他想蒙混过关。但是那个长相漂亮的女乘务员却挡在车门口，以不容商量的口气说："脱掉鞋子，必须脱！"她还侧身伸手，让刘根往里看。刘根看到车里铺着红地毯，所有的铺位都干干净净。刘根无奈，只好脱鞋，并往每只脚上套个带松紧的塑料袋，他动作迅速，慌慌张张像兔子一样蹿进车厢里面去了。

　　发车了。刘根臭脚的威力很快显现出来。一种酸溜溜、臭烘烘的气息一点点从他的脚上分解出来，逐渐弥漫，最后充满了车厢。如果是夏天，车子一走可能情况会好一些。因为夏天车窗会打开，臭气会随风排出。可现在偏偏是冬天，车窗密闭，臭气无处可逃，只好拼命往每个人的鼻孔里钻。立刻，全车人都被臭得叫了起来。

　　听见众人的喊叫声，漂亮乘务员抽动了几下鼻子，她的面部表情也立刻起了变化，她马上作出判断说："是臭脚！谁的脚这么臭？"刘根一听，赶快缩起身子，把两只脚藏在铺下，垂首闭眼，假装睡着了。但是乘务员却寻根溯源地走了过来，她一手捂着鼻子，一手拍着刘根说："这位乘客，你的脚太臭了，你能不能退票、下车？"乘务员的建议立刻得到了众人的响应，许多喉咙在叫："是啊，你快下车吧！你臭死我们了！"

刘根一下子被激怒了，对，应该说是恼羞成怒了。他涨红了脸坐直了身子，他冲乘务员吼道："干什么，你想欺负我们农民工吗？下车，你们有规定说脚臭就不能坐车吗？再说，这车都快出城了，你叫我怎么下车？下车到哪里去！"

刘根的怒吼声把乘务员镇住了，也把车里的人镇住了。大家一时都无言以对。无言以对的人们只好一起对他怒目而视，有想打他的，有想骂他的，还有想杀了他的，刘根一时成了全车几十人的公敌。刘根呢，觉得反正也把脸扯破了，他索性把一双臭脚摆了出来，抱臂仰躺在座位上，一副死猪不怕开水烫的姿态。

车越往前走，臭脚的味道似乎就越浓烈。乘务员的一张漂亮的脸蛋都被臭得扭曲变形了。她的手不停在鼻子底下扇着，一直在和司机讨论着解决问题的办法。盛满臭气的大巴慢慢往前开着，前面到了一个加油站，他们终于有了一个好主意。

大巴进了加油站，乘务员把刘根叫下了车，让他到人家的办公室里去洗脚，左洗右洗，最后又让他用塑料布左一层右一层地包。与此同时，车上也在狂喷空气清新剂。刘根在众人鄙夷的目光和小声的咒骂声中再次走上车来。他的臭脚虽然被严密封锁，但仍然在污染环境，他的左邻右舍纷纷弃他而去，倒是乐得刘根想睡哪铺便睡哪铺。

大巴在若有若无的臭气中继续前进，一路上，所有的人都把刘根当成了一摊臭狗屎，没有一个人愿意多看他一眼。刘根表面强硬，内心深处也充满歉意，他也恨死了自己的这双臭脚。

谁都不会想到正是刘根的臭脚救了这一车人。当大巴驶入山区的时候，发现前面塞车。一打听，原来20分钟以前，前方发生了严重的山体滑坡事件，一辆载满乘客的大巴，恰被泥石流掩埋。车上的人算了一下时间，如果不是臭脚折腾，被掩埋的大巴也应该包括他们！

全车的人发一声喊，一起向刘根涌来。大家一起看着他的臭脚，感到是那么亲切可爱。漂亮的乘务员甚至带头上前，替刘根除去了塑料布。立刻，又有一股难闻的气味喷薄而出。但是这回车上却没有一个人喊臭了。

放驴小子

一片草地，草地上有几头上了绊儿的驴在吃草；一片庄稼，庄稼地里有一条羊肠小道；一座临河大坝，大坝上长满树木，树荫下坐着几个十几岁的坏小子。

这几个坏小子，每天都来这里放驴。他们骑驴而来，然后把驴腿用缰绳绊住，往草地上一撒，他们就没事了。剩下来的时间，他们想怎么打发就怎么打发。

他们下河去洗澡、摸鱼；

他们去偷玉米、土豆烧烤来吃；

他们在河边的沙地上摔跤、打马战。

现在，他们又想出了一个坏主意，就是去田间小道上去挖"陷坑"，陷人。

这一招他们是从电影《地雷战》里学来的。

他们先用木棍和手在小路上挖出一个坑来，然后找来一些树枝和草蒙住，再盖上土。为了伪装，他们还脱下鞋来，在上面印上脚印。这一切忙完了，他们就跑回到大坝上去，趴在树荫下等着看热闹。

一个骑着自行车、干部模样的人走过来了。看样子他很神气，自行车就像一条鱼，就沿着那条小道向前游着。忽然，前轮猛地一栽，那干部立刻来了个狗啃屎，一头栽到地上。干部爬了起来，四面张望着，拍打着身上的土。他不敢再骑车了，小心地推车往前走。

坏小子们在树林里笑得爹呀妈呀，满地打滚，嘴里喊着："活该，活该！"

等那干部走远了，他们又冲过去重新布置，再等着看热闹。

这回是一个妇女走过来了。她挎着一个小筐，脚步匆忙地往前走着，她忽然一个趔趄，重重摔在地上，小筐一下子飞出去……

放驴小子们躲在树林里，很清楚地听得见妇女哭了起来，她在喊："我的鸡蛋呀！"她在骂："这是哪个缺大德的干的呀！"

坏小子们躲在树林里捂着嘴笑。等到那个妇女哭够骂够了，走了，他们也随即讨论起来："咱不能谁谁都陷了！""那陷谁呢？""陷街溜子！""对，就陷他们，不见街溜子不挂弦！"

放驴小子说的"街溜子"，是指城里的孩子。那时候，城里也和乡下一样困难，经常有城里的孩子顺着这条路去南山上往回扛柴火，又叫"背大个"。乡下孩子不知怎么对城里孩子天生就有敌意，看见他们出城，往往就要整整他们。

目标确定以后，放驴小子们就在大坝上往远处瞭望。"来了，来了一个背大个的！"他们飞快地去把陷坑弄好，眼看着"街溜子"一点点走近。

这个"街溜子"还真能干，他背着一大捆柴火往前走，好像都看不见人了一样。他走着、走着，忽然扑通一下，连人带柴一齐栽倒了。

放驴小子欢呼雀跃，正闹着，却有一个说："你看他怎么还没起来？""哎呀，是啊，不是摔死了吧？"于是就慌乱起来。于是假装成行人的样子走过去。这才看见，"街溜子"正躺在地上，揉着大腿哭呢。

他们立刻就装成了好人，一齐关切地上前问道："哎呀，你这是怎么了？快起来，起来呀！"大家七手八脚把"街溜子"扶起来，又帮他背好柴捆，让他走，可是"街溜子"刚迈一步又险些栽倒，他哭道："我的脚崴了呀！我妈妈还等着我回家呢！"

放驴小子们面面相觑，不由都想起自己的妈妈等自己回家的情景，其中一个便说："看什么呀，快去牵驴，把人家送回家呀！"

转眼之间，"街溜子"变成了一个大功臣，他被扶到了驴背上，他的柴捆也被放在了驴背上，几个小子反倒不骑驴，他们小跑着，神情庄严地向城市进发。

"街溜子"一路上千恩万谢，他可真笨，也不想想是谁挖的陷坑。放驴小子们也乐得他不追究，他们言来语去，简直成了朋友。

他们一口气把"街溜子"送到家门口，听着"街溜子"喊："妈，我回来了！"大家的鼻子竟有点发酸。他们赶紧卸下柴捆，扶下伤员，然后骑驴便跑。只听后面传来一个温柔的女声："孩子们，谢谢你们啦，你们都叫什么名字啊？"

放驴小子们跑得更快了，其中有一个扭头说了一句当时最流行的话："不用谢，是毛主席叫我们这样做的！"

团长的死与我有关

有口皆碑的剧团团长，上午还在会上慷慨激昂地发表讲话，可是晚上他却突然在自家楼下的单车间里吊颈身亡了。

举团震惊！举市震惊！

办完团长的后事，剧团的人还久久地沉浸在悲痛的气氛中不能自拔。大家怎么也想不明白，团长他到底是怎么了，他为什么说死就死了呢。

各种各样的猜测纷至沓来，小道消息满天飞舞。

这天剧团召开了大会，一是宣布新团长的任命，二是为前团长辟谣。领导对团长的一生给予高度评价，并把他的死和一些著名诗人的自杀相提并论，认为他死得悲壮，是一种生命的完美终结。他号召大家继承团长的事业，把剧团工作搞好。

散了会，甲乙丙丁四人来到酒店，他们坐下来喝起了闷酒。这四位老哥，都是团长的生前好友，团长的突然离去，把他们几个都闪得不轻，他们的心中都充满难以排遣的痛苦。

闷酒醉人。不到一个小时，他们就已经东倒西歪了，几个人哭得一塌糊涂。哭了一阵以后，稍显平和的他们又都吐起了真言。

甲痛不欲生地说："我必须告诉你们，团长的死与我有关！就在几天以前，我在电梯里遇见了团长，团长满脸忧愁地对我说：'你说现在这市场可怎么好啊！去买大米，一不小心就买到了毒米，去买牛奶和奶粉，一不小心又买到了毒奶，这真叫人防不胜防啊！'我当时怎么那么混啊，我对团长说：'这有什么啊，中国人连死都不怕，难道还怕毒米毒奶吗！'你们说，我这不是等于劝团长去死吗！"

甲话音未落，乙不以为然地说："不对不对，团长的死和我有关。是我伤了团长的心，使他对世界产生了绝望。那天晚上，团长在他家楼下散步，我刚好从那里经过。我看团长的脸色不大好，就问他怎么了。团长说，这几天心情不是很好。我就跟他开玩笑说：'心情不好你就去泡妞嘛！'团长当时就很古怪地看了我一眼。你们知道，我一向都是很正派的人啊，团长肯定在想，连他都变成这样了，这个世界还有什么希望啊！是我把团长害了啊！"

乙说完大哭，还用手抽自己的嘴巴。丙却制止了他。丙说："你俩说的都不对，其实啊，团长的死与我有关——我不说你们谁都不会知道。前些天团长有一次升迁机会，我有一个亲戚在组织部工作，他曾经从侧面向我打听团长的情况。我一听就急了，因为团长答应我的事情还没有给我办呀，说什么也不能让他走啊！于是我就写了一封匿名信，无中生有把团长告了一番，结果团长不但没升，上边还来人把他查了一遍。我真该死，我才是害死团长的罪魁祸首啊！"

丙说完哭得喘不上气来，丁却说："你们都不要自作多情了！你们谁都不知道团长的真正死因，他的死是我造成的啊！你们知道吗，团长他一直在暗恋我的一个女同学，但是他又不肯离婚，又怕出现绯闻，所以他每次请我的女同学吃饭，都把我拉去当灯泡。可是一来二去的，我却和女同学发生了关系。于是我就开始搞破坏，使她和团长反目成仇。我真坏，是我夺了团长的红颜知己啊！"

四个人把隐秘统统说了一遍，可是他们谁也说服不了谁。最后还是甲说："我们不要争论了，我们去他家问问他的老婆或者儿子吧。"

于是四人又买了一些礼物，以慰问的名义来到团长家里。委婉说明来意以后，团长的儿子拿出了父亲的遗书。但见团长写道：我的死与政治无关，与经济无关，与感情无关，我就是想跟这个世界告别了，亲爱的朋友们，来世再见了！

几个人再次流下了泪水，他们都在心中喊着：团长啊，你的死和这无关，和那无关，那到底和什么有关呢！

农场那头公猪

农场那头公猪，曾经是农场的光荣与骄傲。

农场解散那天，公猪却成了一个包袱。因为公猪已老，谁也不想要它。最后，农场的会计说："100 块钱，便宜卖给我吧。"

很快，农场该拆的拆，该搬的搬，不几天就变得一片荒凉。到最后，就剩下公猪自己在猪圈里"守望"了。

会计每天担猪食过来喂它。他还给它梳毛，把它弄得干干净净的。公猪似乎很感动，对他亲热有加。但是这天，会计却带来了一个贩子。二人经过激烈争吵，最后以 500 元的价格成交。贩子扔下 200 元定金，说好明天就来捉猪。

第二天贩子果然就带了两个屠夫来。屠夫往猪圈里看了看，说："好家伙，这不是头大象吗？500 块，太值了！"说着，他们就拿着绳子进了猪圈。

谁也没有想到公猪会激烈反抗。它吼声如雷，口喷白沫，将一个屠夫一口咬伤，将另外一个一头撞翻，然后它冲出了猪圈，直奔目瞪口呆的会计。会计妈呀一声嚎叫，拔腿拼命逃窜。公猪吼叫着在后面追他。会计后来爬上了一棵树，才算躲过一劫。公猪绕树转了几圈，然后一头钻进了庄稼地里。

会计无奈，不但把定金退给了贩子，还要赔付屠夫的医药费。

这还不算完，附近的村民很快就找上门来，说那公猪分明变成了一头野猪，它不但毁坏他们的庄稼，而且见人就追、就咬，已经吓破了若干人的苦胆，异口同声要他承担责任。会计有苦难言，一时不知道如何是好。

正在这时，转机出现了：不知从哪里来了一条狼，每天黄昏时在猪圈附近和公猪干仗，看架势一心要吃掉公猪。会计竟然高兴起来，他盼望野狼快把公猪杀死，以免除他的麻烦。但是一连几天，也没有听到关于公猪的噩耗。

这天黄昏，会计和两个村民一起藏到猪圈附近，等着看公猪野狼打仗的场面。

先是公猪出现了。十几日不见，它好像瘦了许多，身上的毛也乱乱的分不清颜色，但它身架依然高大，行动更加敏捷，特别是它的一双眼睛，远远看去就像在放电一样。几个人吓得赶紧龟缩起来。

随着另外一种声响，野狼也出现了。这条狼看样子也不年轻了，而且瘦骨嶙峋的，但它的眼睛里充满杀气。它一看到公猪就扑了过去。但是公猪并不慌乱，它一转身就背靠猪圈墙蹲坐下来，并开始呱嗒嘴巴，两颗大獠牙钢刀一样上下闪动。看看野狼到了近前，它将嘴巴猛地一抡，就把野狼打到了一边。随着，它又甩出了口白沫，吓得野狼往后便跳。据说猪的唾沫里有毒，野狼沾上，就会腐烂。野狼开始左转右转寻找下口的机会。但是公猪以不变应万变，就坐在那里岿然不动，近了用嘴打，远了用沫喷。过了许久，野狼还是无计可施。倒是公猪越战越勇，口中不时发出雷鸣之声。会计等人就恨不得过去帮助野狼。

一连几日，战况大同小异。

这日，会计施展神通弄来了一杆双筒猎枪。他提前到猪圈那里埋伏起来。等到猪和狼又开始打架时，他便开始瞄准。他先瞄的是猪，因为猪给他造成的麻烦太大了；随后他又开始瞄狼，他想反正猪也跑不了，先打死一条狼，弄张狼皮也不错啊！这次亏大发了，得往回捞捞本儿。

"砰"的一声，会计真好枪法，那条狼一头栽倒了。就在公猪发愣的时候，会计的枪口又指向了它，又一声枪响，公猪也倒下了。

　　会计迈着轻快的步子走了过去，他的心中正在打着如意算盘。但是他怎么也不会想到，那条狼是诈死。他刚刚走近，狼忽然猛地跃起，一下就将他扑翻在地，张口就去咬他的喉咙……

　　这时，又发生了一件谁也意想不到的事情。受了重伤的公猪一跃而起，它吼叫着扑过去，以泰山压顶之势从侧面一口咬断了野狼的腰！

　　公猪、野狼同归于尽；会计连吓带愧疚，也昏死过去。

黑牡丹　白牡丹

　　段副局长老树开新花，八十岁这年又娶了一个六十岁的老伴。这个老伴白白胖胖，温柔贤惠，多才多艺。他们在一起生活了一段时间以后，段局心满意足，逢人就夸："我的这个老伴，那是世界上最温柔、最美丽的女人，她简直就是一枝白牡丹啊！"

　　段局一说白牡丹，认识他的人立刻都笑起来，因为段局的第一个老伴，外号恰好是黑牡丹。于是，小城人就把段局的罗曼史给翻了出来，到处都在讲黑牡丹、白牡丹的故事。

　　黑牡丹比段局至少要大五岁，他们的结合是旧社会包办婚姻的产物。据说，他们结婚时段局只有十三岁，该入洞房了，可是新郎官还在外面骑鹅玩，什么也不懂。有道是，女大五，赛老母。年轻的时候还没看出怎样，可是一上些年纪，差别就显现出来了。段局四十多岁的时候，黑牡丹已经年过五十，她孩子又多，又不怎么懂得保养，所以就成了一个老太太。有一回，单位的一个同事去段局家里找他有事，刚好段局不在，是段局的老婆接待的他。第二天到了单位，同事当着许多人的面说："段局，我昨天去你家没找到你，只有你妈在家。"周围的知情人立即掩鼻而笑，段局的脸立刻涨成了紫茄子，但是说话那人却浑然不觉。事后当他明白了怎么回事，肠子都要悔青了。

段局自幼就受黑牡丹的照顾管束，慢慢地竟然养成了听黑牡丹话的习惯。特别是父母过世以后，黑牡丹便成了一家之主。她不但要管段局的饮食起居，还要管他在外面的言谈举止。段局每天在外面都办了什么事，说了什么话，都要向她汇报。如果她是个有知识、有文化的人倒也罢了，偏偏她大字认不了几口袋，又没有正式工作，所以她不可能成为段局的高参，甚至连个中参都算不上。最要命的是，她天生胆小怕事，树叶落下怕砸脑袋，所以她天天教导段局在外面千万不要得罪人，更不要搞贪污腐化那一套。天长日久，渐渐就把段局打造成了一个著名的老好人，一个凡事都不敢做主、无原则立场的稀泥匠。也正因如此，段局打解放初期就是副科级，一直到退休那年，他还是一个副科级。

黑牡丹去世的时候，拉着段局的手说："我这辈子算是对得起你了，起码，你没出什么事。我去那边，对公婆都好交代了。"

段局"寡居"了几年，就有人张罗给他找老伴。他起初不同意，怕对不起黑牡丹。后来他终于想通了，偏巧就找到了白牡丹。

白牡丹一进段局的门，就立刻表现出与黑牡丹截然相反的风格。她也精心照料段局的饮食起居，但她从来不把自己的观点强加给段局。更主要的是她总拉着段局出去参加各种社会活动，一会儿上老年大学，一会儿去参加老年合唱团，一会儿又外出旅游。她在不同的场合总是表扬鼓励段局，说他行，让他往前冲。在老年大学他们都是班里的干部，在老年合唱团他们又一起领唱。甚至外出旅游，导游都说他们是最佳旅伴。段局整天充满活力，就像变了一个人似的。

一次，段局亲眼目睹了一场斗殴事件，其中一方把另一方重伤致死。但是伤人者却百般抵赖，还找人作伪证。公安机关只好发布通告，寻找目击证人。若在以前，这种事情段局避之犹恐不及，而且做这样的证人也的确充满危险。但是在白牡丹的支持下，段局竟然挺身而出，大义凛然伸张了一回正义。

人们都觉得不可思议：一个出了名的老好人、稀泥匠，在耄耋之年竟然不顾风险为社会主持公道，这件事情真是太有意思了。新闻媒体闻讯纷纷前来采访段局，段局只说了一句话："过去我能平安退休要感谢黑牡丹，现在我重活一回要感谢白牡丹。"

少年梦·青春梦·中国梦——中国故事
[申 平] 红鬃马

草药三题

防　风

防风是我们山里的一种草药，我们管它叫白马肉。

记得"文革"时，学校停课了，我们这群半大的孩子，眼睛就盯上了山上的防风。我们成群结队涌向山野去挖防风，拿到医药公司去卖钱。我至今依然记得当年医药公司收购防风的价格：新鲜的是两毛二，晒干的是四毛八。那时的钱很顶用，大概是现在的十倍还多。

在村上，连锁是挖防风的高手。他不但个子高，力气大，他还知道什么地方的防风最多。他每天上山，都能挖十多斤防风回来，一卖就是2块多钱，一个月下来，他比城里的干部收入还高。自然而然，连锁成了我们的首领。

起初，山上的防风很多，连锁也很乐意当我们的头。每天他就像个生产队长似的，站在村头喊一声："挖白马肉的走嘞！"我们就会立即扛起铁锹，跟随他咋咋呼呼地向山里进发。

到了山里，连锁又像个将军似的，指挥我们按不同方向搜索前进，去寻找防风的踪影。连锁有时也会介绍一些经验给我们。他说，最好到崖畔沟旁去寻找。这些地方的防风不但棵大，而且容易挖，有时还可以通过放土坯子的办法，三几下就把一棵大家伙揪出来了。

学校开学的日子遥遥无期，我们只好每天继续上山去挖防风。可是防风的数量毕竟有限，半个夏天过去，山上到处伤痕累累，已经很难再挖到防风了。但是尝到甜头的大人们却不肯让我们休息，仍然逼迫我们上山去挖防风。而且就在这个时候，我们的首领连锁也居然跟我们玩起失踪来。

连锁先是甩开我们，一个人早出晚归。也不知道他钻到什么地方去了，反正他每天照样能挖许多防风回来。于是父母就骂我们无能，就纷纷去找连锁说好话，请求他继续领导我们。连锁表面答应，第二天却走得更早。

又过了几天，听说连锁挖到的防风数量更多了。他妈有一天得意忘形说走了嘴，说连锁一天就赚了4块多钱。这叫我们眼红而且纳闷：我们找遍山野也没有看见连锁的身影，他难道是去云彩里挖防风不成？我们千方百计跟踪监视他，但是连锁却狡猾得像只狐狸，他神出鬼没，你根本就不知道他去了什么地方。

我的父亲是个精明人，那天他买了两只鸡送到连锁家。连锁的父母看在这两只鸡的份儿上，就答应让连锁悄悄带我和哥哥去挖防风。第二天鸡叫二遍，我和哥哥便像特务似的去和连锁接头，然后左躲右闪地出村。奇怪的是连锁并不带我们进山，却朝反方向的沙漠走去。问他怎么回事，他不耐烦地说："到地方就知道了。"

我无论如何都不会想到，沙漠里居然也会有防风。而且非常容易挖掘。这种植物的叶片和山上防风的样子不太一样，但是根须却差不多，不过没有那么白就是了。我的天，连锁可真神啊！到沙漠的第一天，我和哥哥就挖到了二十斤防风。

消息不知道是怎么走漏的，村里的大人纷纷来到连锁家送礼。没过几天，大部队又在连锁家的门前集合了。可是却迟迟不见连锁出来。终于，他倒背两手出来了，眯缝着眼睛，用居高临下的口气说："你们非要跟我走，也行，但是你们每个人每天都要送一斤防风给我。不然，别想跟我去。"我们立刻参差不齐地点头，表示臣服。

从此，连锁一下子成为一个剥削者。他每天也不带铁锹，就空手带我们出发。到了沙漠里，他除了玩就是睡觉，中午看谁带了好干粮，还要抢过来吃。可是到晚上回家时，他手里的防风却比我们谁的都多。我们明明知道这样不合理，但是却敢怒而不敢言。

但是连锁并没有得意多久。当有一天我们再去卖防风的时候，医药公司的人告诉我们："你们的防风是假货，已经给国家造成了损失。今后，再也不会收你们那里的防风了，无论真假。"连锁装模作样还要和人家理论，医药公司的人说："就是你，卖的假货最多。如果你不是孩子，我们就要追查你。"吓得连锁扔下二十几斤假防风，兔子一样飞快地逃走了。

大家垂头丧气地回到村里，想想连锁这一段时间对我们的欺压，想想他败坏了我们的名声，一时都义愤填膺。我们简单商量了一下，就学大人的样子，冲到他家把他揪了出来，围成一圈批斗他。我们给他定的罪名是：挖假货、搞剥削的二地主。连锁架不住我们人多势众，最后只好低头认罪。我乘机拿来一棵假防风，逼迫他吃下去，算是对他的惩罚。连锁吃得皱眉咧嘴，随后又大喊肚子疼。我们一哄而散，从此再无人理睬他。

黄　芩

防风事件过去的第二年，学校仍然没有开学的意思。我们重新走向山野，去挖一种叫做黄芩的药材。在我们那地方，黄芩漫山遍野都是；过去我们没有挖它，主要因为它的价格较低，每斤才卖五分八厘，另外就是它的根茎太小，最粗的也不过像大拇指。但是防风没了，也不收了，我们只好改挖黄芩。

挖黄芩的工具主要是镐头。看准了，一镐一棵。黄芩的根被一层黑皮包住，去了黑皮，里面的"肉"是金黄色的。据说，这种药材具有清热、祛湿的功效。

挖黄芩的劳动强度比挖防风还大。挖防风还有一个行走寻找的过程，可以顺便休息。但是挖黄芩却要在一个地方不断地挥舞铁镐，弯腰直腰，连续挖上一阵，就累得腰酸背痛。夏天的太阳很毒，身上有汗，加上太阳一晒，便一层层地脱皮。不脱皮的地方则开始发黑，一段时间下来，我们个个都成了小黑人。

但是挖黄芩的收入却只有挖防风的一半那么多。所以我们一边挖着黄芩，还一边怀念着防风。

挖黄芩一般都是以家庭为单位进行的，我和哥哥当然就是一个小组，我毫无疑问要接受哥哥的领导。哥哥老实能干，在他的带动下我也认真出力，我们哥俩每天都可以挖到二十斤左右的黄芩，能卖2块多钱。哥哥得到父母的准许，每天花两毛钱买两个面包，犒劳我和他自己。

这样的日子持续了一两个月。

但是后来，我却开始不听哥哥的指挥了。这是因为，我听说了一种叫做大黄芩的新药材。

说起来，这事又和连锁有关。本来，我们谁也不理他了。可是连锁这家伙却有很强的笼络手段，他先是寻找一切机会接近我，从他家里拿大萝卜啊烧土豆啊之类的东西给我吃，接着他又非常神秘地告诉我，他知道有一种药材叫大黄芩。他以非常不屑的口气对我说："你们天天去挖的那个东西，那叫小黄芩，知道吧？还有一种东西叫大黄芩。一斤就能卖1块多钱哩。怎么样，跟我去挖吧？"

起初，我对连锁也还保持着警惕，后来我到医药公司打听了一下，果然有大黄芩这种药材，只不过我们这个地区很少有。连锁说："怎么没有，我就知道哪里有。走得远一些就是了，你敢不敢跟我去？"

我开始不安心挖小黄芩，和哥哥闹分裂了。这天一大早，乘哥哥不备，我和连锁快速溜出村子，一溜小跑向远山冲去。我边走边想象着挖到大黄芩的情景，并不断向连锁询问大黄芩的模样。连锁说："大黄芩的秧子很高，开紫花，还挂着许多的小铃铛。风一吹，还会发出声响呢。"

我们翻过一座山，又翻过一座山，渐渐走得两腿发酸，双脚疼痛。可是连锁说，还有很远呢。我们坐下来休息，喝水、吃干粮，然后再走。直到下午，才在一座大山前停下来。我们开始爬山，边爬边寻找那种开紫花、挂铃铛的药材。但是没有。山上的小黄芩倒是不少，还有许多防风，可就是没有大黄芩。我们找了一座山，又找了一座山，眼看着太阳下山了，也没有找到一棵大黄芩。我想回家，可是连锁不让。他说："我们空着手怎么回去？今天就在山上住，明天接着找。"

夜里，我们蜷缩在一块大石头下面睡觉。开始因为累，睡着了，正梦见已经找到了大黄芩，却被一阵怪叫声惊醒了。仔细一听，突然头皮发麻。天啊，那是狼嚎的声音啊！而且声音就在附近。我连惊带吓，又想到家里人根本不知道我去了哪里，不由就哭了起来。连锁这时候像个凶神似的骂我："你哭吧，把狼招来，我让它先吃了你！"后来狼不叫了，却又下起雨来。四面黑得不见五指，感觉着雨水像虫子一样在身上爬，我的全身都颤抖起来了。

天快亮的时候，雨停了。我迷糊了一阵，睁开眼睛却不见了连锁。我大声呼喊，到处寻找，也不见他的踪影。后来我发现我们的干粮袋子都不见了，这才意识到这家伙是把我扔下跑了。我叫天不应，叫地不响，只好一个人拎着镐头往山外摸。摸啊找啊，也不知道走到了哪里。肚子咕咕地叫，身上一点力气也没有了。

我躺在山上，感觉自己就要死了。这时候，我看见我的身边生长着几棵小黄芩。这个曾被我看不起的东西，现在在山风的吹拂下好像在向我招手。我挣扎着爬起来，用镐头挖出一棵黄芩，剥去黑皮，然后就去咬那金黄色的"肉"吃。味道是苦的，但也多少有点甜。我一连吃了几棵，身上竟然又有了力气。

那一天，我就是靠着小黄芩爬出了大山的，直到看见哥哥和爹爹喊叫着向我跑来。后来，我家人去找连锁理论，他竟然说："活该，谁让他跟我去呢！"他还说："我扔下他是为了解恨，谁叫他那回逼我吃假防风呢！"

知　母

自从被连锁戏弄了以后，不知为什么我也开始变坏了。我也时时想着怎样去戏弄一下别人。

我的目标最后锁定在出城来挖知母的城里孩子身上。

知母这种草药在山上比黄芩还多，一片一片地丛生。它的秧苗像韭菜，根须像大虾。但是"大虾"并不能直接拿去卖，还要把它的皮用指甲扒掉，晒干以后医药公司才收。扒知母的过程实在太麻烦、太痛苦了，从效益的角度算远不如挖黄芩，所以乡下的孩子是不屑为之的。

但是城里的孩子不懂得挖黄芩，他们唯一的选择就是挖知母，然后回城慢慢地去扒，反正他们有的是工夫。在我们看来，城里人既有钱又有闲，我们把城里的孩子一概蔑称为"街溜子。"

那时候，"街溜子"出城，经常受到乡下孩子的攻击。但我本人天性懦弱，还没有欺负"街溜子"的记录，可从现在起历史却要重写了。

我开始密切观察"街溜子"的动向，选择着攻击的对象。人太多当然不能动，最好抓个小股部队。那天我们正在山上挖黄芩，却见有两男一女三个"街溜子"自己送上门来。我和几个伙伴说好，突然一起呐喊着向他们冲去。

按照以往别人的经验，"街溜子"一定会落荒而逃的。于是我们就在后面追击，扔土块砸他们，然后凯旋。可是今天的情况有点怪：那两个男孩跑了，但是那个女孩却岿然不动。她勇敢地面对我们，大声地喊："你们想干什么！"

她居然不逃，而且又是个女的，我们一时愣住了，不知该如何是好。她看了我们一眼，又开始旁若无人地挖起知母来。她的动作激怒了我们，而且细看她的打扮，穿的衣服也还打着补丁，显然也没有什么了不起。我上前一脚踩住了她的铁锹，拼命地对她吼道："不许挖！"她停止动作，用轻蔑的眼神看着我："你说为什么不许挖？"我说："这山是我们生产队的！"谁知她哼了一声说："你们生产队算什么！我告诉你，这山是国家的，你懂不懂？是国家的山，我们城里人就有权来挖药材！"她的理论如此强大，使我一时张口结舌，无言以对。但是我们怎么能被一个女"街溜子"打败呢，于是我们只好诉诸暴力。

"就是不许你挖！"我大叫着，上前去抢她的铁锹。没想到她还挺有力气，一抢把我抢了个屁股墩，弄得我的伙伴们都笑了起来。我恼羞成怒，跳起来一推，也把她推倒了。于是我们就围着她开始起哄，啐她、骂她，往她的身上扬土。她开始还激烈反抗，后来忽然两手捂脸，呜呜地哭了起来。她一哭，我们马上停止了动作，感觉到整个事件进展得很没劲。纯粹是在错误的时间、错误的地点，进行了一场错误的战争。

这时候，那两个逃跑的男孩又回来了，他们仇视地看着我们说："你们乡下人真是太野蛮了，还敢欺负女孩子！你们知道吗，她可是我们的班长啊！因为她的母亲病了，没钱治，我们才来帮助她挖药的。你们欺负她，还算是人吗?"

说实话我们也不是坏孩子，打"街溜子"不过是为了寻开心，或是被一种仇富心理所驱动。一听女孩是这个情况，我们都羞愧地低下了头。我们嘟嘟囔囔地说："那……我们也不知道啊！"

我拿起铁锹还给她，像蚊子叫唤似的说："对不起……"没想到她擦擦眼泪站起来说："好了，没关系，其实我们是可以成为朋友的嘛。"

她的一句"朋友"，使我们内心深处那种最柔软的东西被触动了。这两年看惯了打打杀杀、批批斗斗，好像很少有人提"朋友"这个词了。我突然豪情万丈地把手一挥："来呀，咱们也帮她挖知母吧。"伙伴们齐声叫好，纷纷抢起镐头，你抢我夺地帮助女孩挖起知母来。

那天，我们一口气帮助女孩挖了许多知母，他们三人超载而归。临别时我们竟有点依依不舍，女孩又哭了，她说："没想到你们乡下孩子也这么好！"

这一天，因为帮她挖药，我们挖的黄芩不多，但是我们心里很满足。回家说明情况，大人也没有责怪我们。

从小到大，我就挖过这么一次知母，而且是帮别人。

咯咯逗

　　咯咯逗是我们北方的一种传统食品，具体做法我就不告诉你了；反正咯咯逗非常好吃，北方人吃它甚至还吃出了一句歇后语：嫂子欢喜——咯咯（哥哥）逗。

　　今年回老家林西，我特地到一家小饭店去吃咯咯逗。在我等待的过程中，我看到邻桌有对青年男女也在吃饭，不过他们没吃咯咯逗，而是点了几个菜在喝酒。本来彼此不注意，但是我忽然听见那个女的说："梁小二，你真的是处男吗？你要真是，明天我就给你包红包。"这句话出自一个女人之口，颇有点惊世骇俗的味道。我急忙看过去，但见那个被称做梁小二的男人面色微红，他很认真地点了点头说："那你就包吧。"女人说："真的吗？你没有撒谎吧？"男人说："我……不会撒谎……"

　　他们的对话使我不由笑出声来。那个女人本来是背对我坐着的，这时她转过头来看我，她说："这位先生，不好意思，让你见笑了。"我乘机仔细打量了一下这个说话大胆的女人，她大概三十多岁的样子，瓜子脸，大眼睛，眉毛很黑，应该算是个漂亮的人。但是她的眼角眉梢，却透露出一些沧桑的印记。见我注意她，她又对我解释说："我们明天就要结婚了，今天是来买东西的。不怕你笑，昨天我们住旅馆，他还和我分床睡，气都不敢喘。后来我摸了他一把，他还拼命地躲呢。你说，这时候还有这样的男人吗?"

唔，这样的男人现在的确是太少了。我边说边认真地再看梁小二。也是三十多岁的样子，眼神很是清纯，他显得憨，但并不显得傻。我立刻对这个男人充满了好感，我问女人："你问人家，那你呢，你是处女吗?"女人笑了起来，她说："我当然不是了，我都是一个孩子的妈妈了。"我吃了一惊："那你怎么还……他是不是处男对你还很重要吗?"女人点点头说："当然也很重要。要不是他这么一心一意地等我、追我，我是绝不会答应嫁给他的，我更不会从赤峰回来跟他结婚的。"

出于写作的敏感，我立刻对女人说："那你能不能讲讲你们的故事呢?"女人"吱溜"喝了一杯酒，她说："跟你说说也没关系。我跟他——梁小二是中学同学，又是一个村子的。那时候他就想跟我好。可是那时候我根本看不上他。我看上了一个能说会道长得帅的，结果我上当了。他跟我结婚没几年就开始在外面乱搞。我一气之下跟他离了，我跑到赤峰去打工，我抽烟、喝酒，我还去歌舞厅当过小姐，我这辈子就想破罐子破摔了。但是这时候梁小二来找我了，他说他要娶我，我都残花败柳了，他还要娶我……"

这时我的大碗咯咯逗来了，上面放的是酸菜卤，我赶紧搅拌匀了，呼噜就是一大口，哇，味道好极了。

女人继续说："可是他一定要娶我，他说他这辈子非我不娶。你说我该怎么办?"

我问梁小二："那你为什么非她不娶呢? 你这些年真的就没谈过恋爱?"梁小二仍然红着脸说："我就是觉得她好嘛。人家也给我介绍过，可我觉得谁都比不上她。"

我又吞吃了两大口咯咯逗，真是大快朵颐。我对女人说："你接着说呀。"女人说："哎哟，你还挺乐意听呢。我后来就跟着他回村了。可是他家的人没有一个愿意的，周围的人也都砸黑沙子，说他根本养不住我。可这个家伙，硬是王八吃秤砣——铁了心了。他真的是把我给感动了。梁小二，你要是后悔，现在还来得及。"

我看见梁小二很是坚定地摇了摇头，我又吃了一大口咯咯逗。

　　"那结婚以后你打算怎么办呢，带他进城吗？"我问女人。女人却摇了摇头。她说："不，我要回村去跟他好好过日子，给他生个孩子。梁小二，我现在告诉你，我手里有些钱，你对我好，我会对你更好。咱俩回去买一些羊养着，咱要把日子过得红红火火，也好气气那些想看笑话的人。等过些年，我们再进城做买卖，我会让你一辈子幸福的。"

　　梁小二两眼放光，他也"吱溜"喝了一口酒说："这个，我信，我信……"

　　我吞下最后一口咯咯逗，开玩笑地对女人说："那关于他处男的问题怎么办呢？"女人说："这个问题不是问题，明天晚上就知道了。我肯定他是。"

　　我说："梁小二，你可要经受住考验啊。我祝你们幸福了。"接着我对店家喊："再给我来碗咯咯逗。"

将军与母老虎

将军威风凛凛，英气逼人，他是军人的灵魂和骄傲。

但是，将军家里却养着一只母老虎，经常令他颜面扫地。

母老虎是将军从老家带出来的。将军出来当兵的时候，并没有想到将来自己会当将军，他草草地与村中一位不丑不俊的姑娘订了婚，以防将来退伍回来娶不上媳妇。没想到将军入伍后竟一路凯歌，步步高升，这位不丑不俊的姑娘自然也跟着夫贵妻荣。

将军是在当团长的时候才让家属随军的。这时候将军就已经发现自己娶了一只母老虎：她不但对父母颇为不孝，而且他每年回去探家，虽然在家的时间极为短暂，但母老虎都会对他发威数次，让他苦不堪言。将军多次想与母老虎离婚，但每一次都被母老虎的"我去部队告你"的威胁吓倒。将军怕这泼妇真的闹到部队去，他跟着丢不起那人。

所以，将军一直不肯让她随军。

但是，母老虎后来却从别人那里知道了随军的条件，她又哭又闹，撒泼放刁，将军在万般无奈之下，这才同意她带着孩子随军。

起初，母老虎由于不熟悉环境和部队规矩，还老实了一段时间，但当将军再次升迁以后，母老虎的本相便又暴露了出来。

母老虎不但经常和将军吵架，而且她还把气撒到部队派来的勤务兵身上，闹得勤务兵一进她家的门就发抖。一发抖就出错，一出错母老虎就变本加厉。

将军也多次痛下决心教育母老虎，甚至关起门来对她施以拳脚，但是母老虎激烈反抗，大声嚎叫，闹得四邻不安，鸡犬不宁。事后母老虎还跑去找首长告状，闹得将军十分尴尬。而且，在母老虎那里，她这个"不识几个字的农村妇女"竟成了响当当的金字牌子，而将军越是才华横溢不断升迁，就似乎越是有罪。他官职越高，母老虎越敢跟他闹。

为了孩子，为了后院稳定，为了……，一切的一切，将军在苦苦忍耐着，忍耐着。

老母亲的八十大寿到了，将军将她老人家接来部队，想隆重为母亲庆祝一下生日。说是隆重，将军不过是在自己家里安排了两桌酒席，请来了一些亲朋好友而已。由于母老虎厨艺太差，所有的饭菜均由酒店送来，将军安排母老虎坐在母亲身边，希望她能装一会好儿媳讨得老人欢心。

将军首先致辞，他说："母亲是最伟大的，如果没有她老人家，当然就没有我；如果没有她老人家的培养、教育和支持，也不会有我的今天……"

将军正说着，冷不防母老虎却在一边跳起来，她当着众人的面，居然点着将军的名字说："你怎么光知道说你妈，那我呢？没有我你能到今天这步吗？"

所有的人都愣住了，将军的脸由红变紫，但是他仍然说：你坐下，今天是给妈过生日，不是给你过生日，你的功劳以后再说。

但是母老虎却哭了起来，她说："不行，你眼里只有你妈，没有我，你这个没良心的！"母老虎好像受了天大的委屈似的，忽然哗啦一下掀翻了酒桌。

亲友们纷纷站起来，向门外走去。

老母亲双泪交流，几欲昏厥。

将军的脸色变得铁青，他一下跪在母亲面前，给她磕了一个头，说了一声："妈，儿子对不起你！"随后，他让女儿扶着奶奶走出屋去。

屋中只剩下了将军和母老虎，将军也忽然变成了一只猛虎，他一记耳光将母老虎打翻在地，又去墙上的一件衣服里掏出了一把手枪，咔嚓推上了子弹，黑洞洞的枪口对准了母老虎的脑门。将军的话从牙缝里一个字一个字地迸出来："你这个混蛋！你怎样侮辱我都可以，但不许你这样伤害我的母亲！"

伴着母老虎惊恐的尖叫，屋中响起了三声枪响。

人们冲进屋，看见母老虎还在地板上喘气，口中兀自在叫："别打死我，我改呀。"她脑袋左右的地板上，出现了三个黑洞。

一旁，提着枪的将军泪流满面。

两条狗的爱情及其结局

一

大黄是一条乡下公狗，在所有本地狗中，它是长得最帅的一条。健硕的身躯，明亮的眼睛，跑起来快如疾风闪电。大黄刚刚长大成狗不久，就自然而然地成为本地狗的首领。

因为大黄长得帅，又当了官，所以便有许许多多的母狗来向它献殷勤、抛媚眼。但是大黄却对它们统统不屑一顾。

大黄想：我不是一条一般的狗，我的爱情也不能是一般的爱情。我要进城去，找一条天底下最漂亮、最洋气的母狗结婚，好让全世界的狗都羡慕我们。

在做好各种准备之后，这天，大黄动身向城市进发，去寻找它的理想爱情。

二

菲菲是一条纯贵族血统的拉布拉多犬，它毛色黝黑，宛如锦缎，气质高雅，亭亭玉立，是狗少女中的佼佼者。菲菲的主人也是一个贵妇人，她家住在高档别墅区，家中专有狗房，还有一座后花园可供菲菲玩耍散步。

但是菲菲最近却很不快乐，因为它开始怀春了。女主人只顾自己风流，根本不懂得它也会有感情需求。直到有一天，菲菲开始进行绝食抗议，女主人才慌了手脚，急忙带它去狗医院看病。结果医生说："你的狗没病，只是发情了，赶快给它找个老公吧。"

女主人恍然大悟，急忙在网上发帖，为菲菲寻找合适的男朋友。接下来，菲菲就跟着主人出去或者就在家里，见到了一条又一条公狗。这些公狗当然都是很有身份的，除了与菲菲同种的拉布拉多犬外，还有同样有贵族血统的金毛、苏格兰牧羊犬等等。但是菲菲居然一个也没有看上。往往一见面，菲菲就会冲它们大喊大叫，让它们赶快滚蛋。因为菲菲发现它们要么是忸怩作态的奶油小生，要么就是目中无人的公子哥。而菲菲喜欢的公狗，至少要有点男子汉气派。

在相亲不断失败之后，女主人失去了耐心，她骂菲菲："你比老娘还要挑剔啊！"干脆丢下它自己去幽会，不再理会菲菲的爱情。

孤独的菲菲在狗房里待不住，就下楼到花园里去徘徊，不想它隔着栅栏突然看见了大黄。于是，一场轰轰烈烈的爱情便开始了。

三

大黄在城里寻找爱情已经两天了，结果却令它非常失望。在这个由钢筋水泥构成的世界里，一切都被隔绝起来了。城里的狗虽然也很多，但是大黄却很难看见它们，即使见到了，还没等它近前，人家就已经被主人牵跑了。而且城里的母狗并不是个个漂亮，甚至有不少奇形怪状的丑类，可是那些人却偏偏把它们当成宝贝，搂着抱着的。它们自己也把自己当成公主，一副趾高气扬的样子。每当遇上这样的狗，大黄就会喊一声："啊呸！"

大黄第一眼看见菲菲，不由就喝了一声彩：对，这正是我要找的爱狗。他迫不及待冲过去，隔着栅栏就开始对它诉说衷肠。

菲菲一看见大黄，立刻也被它迷住了。它也奇怪自己为什么会对它一见钟情，后来它明白了，是它身上的野性或说是男子汉的气概征服了它。它心目中的白马王子，就是大黄这个样子的。

　　两条狗隔着栅栏进行了长谈之后，一致认为它们终于找到了自己的另一半。大黄就瓮声瓮气地说："菲菲小姐，那么我们还等什么呢，我们马上结婚吧。"菲菲红着脸说："你也太着急了吧。"大黄说："还急呀，现在人谈恋爱都搞闪电战了，何况我们是狗！"菲菲的脸更红了，它说："可是栅栏这么高，你怎么进来呀！"大黄笑道："这个难不住我！"只见大黄后退了几步，将身一纵，在空中划出一道美丽的弧线，已经轻轻落到菲菲身边了。菲菲不由痴迷地说："天啊，你简直太帅了！就凭你这个动作，我把一切献给你，也值了！"

　　两条狗在花园里热烈亲吻拥抱，它们忘情地结合在一起。

四

　　大黄和菲菲至死都不明白，它们之间的爱情为什么会激怒人类。虽然女主人刚刚偷情回来，可是她一看见菲菲和一条本地狗连在一起，立刻勃然大怒。她第一个动作就是冲过去对着大黄又踢又打，嘴里恶狠狠地骂着："哪里来的野狗，打死你。打死你！"大黄忍无可忍，对她发出雷鸣般的吼声。女主人吓了一跳，她赶快避开大黄，又冲菲菲大发淫威。她随手拿起一把笤帚朝菲菲打过去，边打边骂："你这个贱货！那么多的好狗你不爱，你偏偏喜欢一个土老帽。你给我滚，滚！"

　　就这样，大黄和菲菲就一起被赶到了街上，大门在它们的身后砰的一声关上了。大黄和菲菲这时仍然连在一起，它们不得不横着身子走路，想找一个安全的地方去完成它们的爱情。没想到它们一下就闯到一个类似广场的地方来了。那里正有很多的人在跳舞、玩耍。它俩一出现，立刻有许多人上前围观、起哄。男人就喊："都来看啊，看这两条狗在干什么好事啊！"女人就捂住脸说："天啊，真是有伤风化，这狗太不要脸了！"又有几个半大小子拿起棍子、石块，开始追打大黄和菲菲。它们慌不择路，只管拼命逃跑。

　　千不该万不该，大黄和菲菲不该逃到一家狗肉火锅店门前来。店老板正在为缺少狗肉发愁呢，一见它们立刻眼放贼光。他冲伙计们一挥手，几个人立刻包抄过去，几铁棍下去，两条狗早已一命呜呼了。

　　当晚，大黄和菲菲的肉已经开始在火锅里散发出阵阵幽香了，一拨又一拨的人咧嘴猛吃，大快朵颐。或许两条狗为爱付出的代价太大了，它们的灵魂在屋内久久徘徊，不肯离去。不信你看锅盖上不停流下来的水蒸气，那就是它们的眼泪。

白　狼

　　那条白狼跟踪这群人已经整整五天了。它确定的攻击目标，就是人群中的孙二愣。

　　千不该，万不该，孙二愣不该端它的老窝。

　　人群是进山来挖药的。每年的这个时候，平原上的人们都会组织起来进山挖药，然后卖到城里去。他们管这叫搞副业，也叫打快柴，目的就是要弄些现钱花花。随着城里药材收购价的不断提高，加入队伍的人也越来越多，连过去对此不屑一顾的青年人也加盟进来了。孙二愣就是其中的一个。

　　孙二愣真是个愣种，他进山的第三天就惹了祸：他发现一条山沟里好像有狼窝，就乘大家午睡的时候拎着镐头去寻找。他真的找到了一窝狼崽，并一个个将它们摔死。幸运的是他没有碰上外出觅食的大狼。

　　孙二愣干完这件事，以为自己成了战斗英雄，便把整个经过绘声绘色讲给大家听。没想到吓得众人一个个屁滚尿流。领头的秋生叔说："你这孩子真是，好端端地你去惹它作甚嘛！快，咱们赶紧换地方吧！"

　　众人立刻拔起营寨，转移到另一片山中去挖药。

　　但是那条白狼还是很快就找来了。白天，它一声不响蹲在山头之上，以仇恨的眼神注视着人群；夜晚，它便来到营地附近，声声哀嚎，闹得大家胆战心惊。幸亏营地里有狗，还有火药枪，否则，说不定白狼早已蹿进帐篷里来了。

秋生叔说："我活了六十多岁，还是头一回看见白狼。听说白狗都能成精，那么白狼肯定更精了，不报仇，它是不会善罢甘休的。"

孙二愣到这时才知道什么叫害怕和后悔。白天上山挖药，他再也不敢离开人群半步，到了夜晚，他则钻进帐篷最里边，屁也不敢放一个。

后来有一天，白狼忽然不见了。

秋生叔说："大家还是不要放松警惕啊，我担心这是白狼在故意麻痹咱们呢。"

可是一连多日，白狼真的是踪影全无，好像蒸发了一般。大家纷纷猜测说："也许那家伙已经气死了饿死了，或者是让人打死了。"

众人便不自觉地都松了一口气。

这天，秋生叔下令装车回转，众人都是满载而归，一个个喜气洋洋。

拉药材的车在前面走，众人在后面跟着，一路上说说笑笑。孙二愣始终走在人群中间。再转过一个山湾，前面就到平原了，这时连秋生叔悬着的那颗心，也已经放回到肚子里。大家更加放松地走着，孙二愣又恢复了本来面目，边走边怪声怪气地唱起歌来。

有眼尖的人忽然指着最后一面山坡说："你们看，坡上那是什么？"

众人举目望去，但见一个黄色的东西在山坡上一跳一跳。大家七嘴八舌，这个说是狐狸，那个说是黄鼠狼，还有说是松鼠的。那孙二愣此时又上来了楞劲，他忽然朝手心啐了口唾沫，边搓手边说："你们争啥，待我将它给你们捉来，看它到底是个啥货！"

还不等秋生叔阻拦，孙二愣已经蹿了出去，灵活而快速地向上攀援，大家便在下面停住脚步等他。

近了，只见孙二愣离那黄色的东西越来越近了。那黄色的东西还在跳动，却不逃跑。秋生叔忽然意识到了什么，他大喊："二愣，小心啊！"

就在秋生叔声音发出的同时，人们看见那黄东西的后面忽然腾起一个巨大的白影，闪电般扑向孙二愣，将他压倒在山坡之上。

"白狼！"人们一声惊呼，纷纷呐喊着向山上冲去。但见那条白狼从二愣身上跳起来，得意地嚎叫一声，不慌不忙地向山顶上跑去。

　　人们近前一看，孙二愣的喉咙已被咬断，气绝而亡。前面不远处，有一个石坑，坑边上扔着一只黄鼠狼的尸体。大家这才明白，白狼其实早已埋伏在此，并以黄皮为诱饵突袭成功的。

　　好一条狡猾的白狼！

猎　豹

　　老爷岭这一带，早些年就经常有豹子出没。张五他娘十三岁的时候，曾和弟弟一起亲手杀死过一头豹子。

　　那天晚上，她和弟弟在家看家，饿了，就在火盆里烧土豆吃。正吃着，忽见窗上的一个破洞里伸进一个狗头来，贪馋地看着她们。张五他娘有点害怕，就扔给它一个土豆吃。谁知它吃完，竟想往里拱。她弟弟只比他小一岁，却很有心眼，他跑去找来一个秤砣，在火里烧红了，又让姐姐给它。张五他娘用火钳子夹起来一扔，那狗一口就吞进肚里，只听嗷的一声惨叫，狗头缩了出去。

　　第二天一早，大人在离他家不远的一条沟里，发现了那条"狗"的尸体，原来竟是一头豹子。张五他娘好不后怕。

　　且说张五他娘长大以后，嫁了一个猎人，后来就有了张五。张五从小便跟着父亲上山打猎，学会了猎人的全套本领。

　　可惜张五生不逢时。这些年，先是山上的猎物渐渐少了，后来政府又明令禁猎，张五只好改行种地。但是张五的家住在山的最里面，每到冬天没事，他也会偷偷上山，去打些野物解馋。

　　先是山上的狼渐渐多起来，张五想弄一张狼皮做褥子，就去山上下了狼夹。这天早上，他踩着积雪去巡山，意外发现狼夹居然打住了一头豹子。而且这头豹子已经拖着狼夹跑上了山顶。

这真是意想不到的收获，这年头，豹皮、豹骨可是越来越值钱了。但是，让政府的人知道了可不得了啊！张五想了半天，决定速战速决。反正豹子已被狼夹打伤了，我不捉它，它迟早也会死掉的。

张五摸了摸腰间的匕首，快速向山上走去，人和豹就在山顶的一块巨石后面相遇了。

这是一只漂亮的金钱豹，身上的花纹和毛色新鲜好看，可能它正年轻，不然，它也不会误中狼夹。它看见张五过来，立刻吼叫着摆开架势，准备和他决一死战。

张五拔出匕首，人和豹开始对峙，这里要交代一句的是，张五的猎枪早已上交，否则，他就不用费这个事了。

豹子的确胆大，它虽然腿上带着狼夹，但它还是率先向张五发起了进攻。它声若巨雷，铺天盖地扑过来，一口就将张五的头皮给撕了下来。张五也不含糊，一刀便刺入豹子的肚子，并在里面用力搅着。最后人和豹子都倒了下来，但是张五没有忘记将自己的头皮重新盖了回去。

张五的老婆赶来，将张五送进了医院。张五躺在病床上，还不忘指挥老婆和弟弟将豹皮扒了，将豹骨存起来，又将豹肉煮来吃掉。

尽管这一切他们做得很神秘，但到底还是惊动了村委会和乡政府。这天，乡政府的一个副乡长竟跑到医院来问张五："你到底打了什么动物?"

"是狼!"张五回答。

"狼?"副乡长不信，"狼皮在哪里，我要看。"

张五当然拿不出狼皮，这就更加重了副乡长的怀疑。随后，他又来了两趟，声声逼迫已快痊愈的张五。万般无奈，张五只好实话实说。

副乡长的脸就黑了下来，他说："张五，豹子属国家二类保护动物，你打死一头豹子，起码要判你几年徒刑。"

张五很害怕，就哀求副乡长高抬贵手。副乡长最后说："好吧，你先把豹皮交给我，我替你保存着，看看能不能把这事压下去，因为这件事若捅出去，对我也没什么好处。"

张五立即让老婆连夜把豹皮给副乡长送去了。从此果然没有了动静。张五快出院的时候，传来消息说：副乡长已放出话来，说他已把事情调查清楚了，张五打的就是一只狼。

　　张五在心里骂："去你的，你才是一条贪心的狼呢！"

　　张五把豹骨悄悄卖了，不多不少，正好摆平了他的医药费。他从此发下毒誓：再也不打任何动物。

白狗精

这个故事听起来有点玄。

一个木匠去一财东家干活，打家具，意外地发现了一个秘密，使他险些丧命。

木匠进门时就觉着东家那条白狗有点不对劲。这真是一条白狗，全身上下雪一样找不到一根杂毛；它又很乖，主人告诉它不咬谁它便不咬谁。它那双眼睛微微发红，滴溜溜乱转，好像老是在打着什么主意。

木匠看了它几眼，它也看了木匠几眼。木匠便去忙活，它也靠墙根儿趴着去了。不知什么时候，白狗不见了。又不知什么时候，白狗回来了，又趴在墙根儿那舔嘴唇。木匠没在意，继续干活。

一阵哭叫声从屋里传来，只见东家婆高举着一根火钩子，把一个十四五岁的小姑娘从屋里赶出来。小姑娘抱着头，边逃边哭。东家婆边打边骂："让你偷嘴，让你偷嘴，打死你！"

小姑娘无路可逃，便藏到木匠身后，木匠看姑娘可怜，便说："东家，饶了她吧，一个小孩子！"

东家婆住了手，嘴却不住："师傅，不怕你笑话，我家这个童养媳可馋死了。给老爷子留点好吃的，挂在房梁上，她天天偷吃……"

小姑娘在身后呜呜哭道："我真的没吃呀！"

院子重新静下来，只有木匠锛凿斧锯的声响，白狗在墙根儿那儿趴着睡着了。

第二天，院子里再次发生了昨日的一幕。木匠在拉架时，无意间看到了墙根儿的白狗，它蹲在那儿津津有味地看着眼前的一切，两只眼睛似乎在笑。当它发现木匠注意它时，它猛地转过头去，跟着又趴在地上。

第三天，木匠边干活边瞟着白狗。白狗终于站起来，一闪身转到屋后。木匠放下家具，蹑手蹑脚来到山墙边，探头望去，却见白狗人一样立着，正趴在后窗台上往屋里看，并用前爪一点点推着窗子。突然一纵身蹿到屋里，木匠急奔过去，躲在后窗边往里看，立刻惊得目瞪口呆。他看见那白狗先用嘴叼一个木凳放在屋中间，跳上去，两脚站起来，用嘴把房梁上的篮子摘下，大嚼，然后又用嘴熟练地挂上去……

木匠的心狂跳起来，心想这畜生成精啦。他想喊一声，但又忍住了，急急退回院子里。

一会儿，白狗回来，木匠看见它正用怀疑的目光望着自己。他假装没看见，低头干活；再抬头，见那畜生正龇着牙，一点点地向自己逼近。木匠头皮一麻，急忙抄斧在手，勇敢地和它对视，又示威性地拿起一块木头，咔嚓一斧劈作两瓣儿。白狗愣了一下，颓丧地退回原地趴着。它半睁着眼看木匠，不知在打什么主意。

屋门一响，是东家婆给木匠送水来了。白狗一激灵，它跳起来，先是围着东家婆撒欢，接着开始给木匠献殷勤。它舔木匠的手，用嘴拖过凳子请木匠坐，不断朝木匠摇尾巴，眼里充满乞求。

木匠心里就有点怕，他想这畜生比人还精呢。于是好几次把话咽回去，多一事不如少一事吧，咱惹它干啥？

随后几天，东家家里再没有发现偷嘴的事情。但那一日，悲剧重演。小姑娘被东家婆打得在地上乱翻乱滚，声声哀叫。木匠心如刀绞，一股正气突发丹田。

"别打了！"他听见自己吼了一声，那声音把自己也吓了一跳。

东家婆愣住，呆呆看他。木匠便道："这孩子冤死了，你家的东西是白狗吃的……"他说这话的时候，看见白狗突地从墙根儿跳起来，仇视地看了他一眼，嗖地蹿到屋后去了。木匠便仔细把那天的情形叙述了一遍。

"哎呀这东西真成精了！我早就说要打死它，可当家的就是舍不得。"东家婆说着，就去找了根木棍，前院后院找白狗，哪里还找得到！

晚上，木匠下了工。他觉着今天心里发毛，就特意带上了锛子。出了村子，他沿着小路向自己的村庄走去。路上静静的无一行人，他感到路上充满杀气。果然，他看见前面路上白白地横卧着一个什么东西。

白狗！木匠不用猜就知道是它。这畜生居然知道自己下工走哪条路。他紧张得不行，有心返回去，又一想不能让一条白狗占了上风。他握紧了锛子，大踏步一直往前走。相距五六步的时候，白狗站了起来，他们彼此仇视地看着。木匠转了一下眼睛，他看见路边有一新扒出来的土坑，白狗把坟墓都给他准备好了。

"畜生，来吧！"木匠喊了一声。白狗便真的扑上来。木匠练过武功，加之有利刃在手，不过三招五式，便将白狗劈翻在地，再加上两锛子，白狗仇恨地望了木匠最后一眼，颓然死去。

木匠把白狗拖入坑内，用锛子扒土将它埋掉了，这才发现自己全身如水捞出来一般。他坐下来大口喘气，又抽了一支烟。最后他喊了一声："白狗精，你活该！"

他歪歪斜斜地踏上了归途。

绝壁上的青羊

　　老葛发现绝壁上的那只青羊已经好几天了，但是那只青羊一点也不知道。它每天照例在绝壁上时隐时现，在凸凸凹凹、石缝荆棘中找草吃。

　　这天青羊又出现了。它如履平地在峭壁悬崖上穿行，一点也没觉出今天和每天有什么不同。当它跃上一个平台，欣喜地吃着上面的嫩草时，它忽然觉得有点不对了，它嗅到了一股味道，对，是那种比老虎豺狼更恐怖的味道。它惊恐地抬头四望，却什么也没有发现。它犹豫徘徊，猛地感到一条后腿被什么给缠住了。它低头一看，知道大事不好。套子！它被猎人下的套子套住了。青羊拼命挣扎，但越是挣扎，套子就勒得越紧。青羊只好不动，静待那最危险时刻的到来。

　　不知过了多久，青羊听见绝壁上面有响动，接着，一个人拽着绳子下来了。这个人就是老葛。老葛一看套住了青羊，不由喜出望外。他喊了一声："太好了，这回我儿子有救了！"

　　青羊听见老葛的喊声，立刻回应了一声绝望的哀叫。它使出平生力气猛地一挣，未果；随后就把自己的身体弯成一张弓，把两只犄角变成两把利剑，杀气腾腾直对着老葛，做好准备给他以致命一击。老葛一看青羊这架势，就有点害怕。他的脚不敢踏上平台，就那么悬在壁上想办法。说起来老葛并不算是个猎人，只是小时跟他爹上过几次山罢了。后来他爹死

127

了，也禁猎了，他除了偷偷摸摸地套过几只野兔解馋外，根本就没打过什么大牲口，更没有打过青羊。要知道，绝壁上的青羊那可是神物，凡是能挂住雪花的地方它都能上去，你说它神也不神？可是为了给儿子治病，他不得不铤而走险了。

老葛打量着青羊，他活到四十多岁还第一次看到活的青羊。这家伙除了毛是青黑色的，其他和常见的山羊好像也没多大区别。但是据说青羊浑身都是宝，它的骨肉治跌打损伤有特效。老葛记得小时候他扭了腰，只喝了一盅滴入青羊血的酒，立马就好了。他的儿子瘫在床上好几年治不好，现在青羊给他带来了希望。可是怎样把青羊从绝壁上弄上去却是个问题。又不敢去喊人，怎么办呢？

老葛开始跟青羊说话。他说："青羊啊，你不要怪我，我真的是被逼无奈啊！你知道吧，我家原来也是村上的富户哩，可是自从我儿子摔坏了腰，我的好日子就到头了。这年头咱农民真是长不起病啊，对咱态度好坏咱都能忍，关键是那药贵得吓死人啊，万把块钱三下两下就没了。我花了十几万，把家底都折腾光了也没给他治好。现在我是一贫如洗啊！孩子说爸爸，咱别治了，就这样吧。你说我这当爹的能忍心吗？这不，我就来找你了……"

老葛说到这里眼睛有点发潮，他奇怪青羊好像是听懂了他的话，因为它那弓着的身子逐渐放松了，头也抬了起来。它瞪着一双灰黄色的眼睛开始打量老葛。它似乎在说："你这个人啊！你儿子有病就来害我的性命，你也太不仗义了吧。你难，那我们青羊容易吗！为了躲避猛兽和你们人类的杀戮，没办法我们都躲到这绝壁上来了，可你们还是不依不饶，非要把我们赶尽杀绝，你们好狠毒啊！"

老葛看着青羊的眼睛，他很快就明白了它的意思，脸上不由一阵发烧。他又说："好我的青羊哩，我知道你恨我，那你就恨吧，不行下辈子我变青羊救你。你乖乖的，我用绳子把你捆住拉上去，你还能多活一会，不然的话，我只能在这里把你杀死，唉，我可从来没有动过刀啊，你千万别逼我啊！"

老葛说着，一只脚已经踏上了平台，现在它和青羊只有几步之遥，彼此能清楚地听见对方的呼吸甚至心跳声。老葛忽然看见青羊的眼睛里流出泪来，它随后又岔开后腿，哗哗地撒了一泡尿。青羊一撒尿，老葛看清楚了，这是一只怀了孕的母羊，后腿间的两只奶都已经鼓起来了。老葛的心就咯噔了一下。他想怎么会这么巧呢，怎么偏偏就是一只母羊呢！如果我为儿子杀了它，那就等于害了两三条性命啊。哎呀呀，那样可是造了大孽、缺了大德哟！

　　老葛软软地坐下来，他忽然想哭，但是嘿嘿了几声却哭不出眼泪来。他说我怎么这么倒霉啊，冒着摔死和坐牢的危险捉到了一只青羊，却偏偏是个母的，老天爷这不是成心跟我过不去吗！老葛猛地跳了起来，喊了一声还他娘的管那么多！就从怀里掏出了一把刀子，他龇牙咧嘴一步步走向青羊，又喊了一声你活该、活该！刀子就闪着寒光刺了出去……

　　待老葛再次睁开眼睛，他发现平台上早已不见了青羊，只剩下被挑断的套子躺在那里。老葛点了点头，对自己伸出了一个大拇指。他吐了口痰，抓住绳子开始往绝壁上爬。才爬了几步，他就觉得自己浑身一点力气也没有了。他把绳子在腰间缠了几道，就那么挂在绝壁上大口大口地喘气。朦胧中，他似乎听见耳畔有青羊的叫声，随后青羊的叫声又幻化成了村长的声音，他在喊："老葛你的胆子也忒大了，你还敢来绝壁上捉青羊，你这是犯罪、找死你懂不懂！你家的事你不要急嘛，现在又开始搞合作医疗了，还有村里乡里也一定会帮你想办法的……"老葛往上看，却没有看到人，也不知那声音是真是假。

　　老葛就继续挂在绝壁上。他穿着青色的衣服，远远看去，活脱脱是一只青羊。

草原百灵

　　大学放假，我跟邻居二舌头去草原玩。我没想到这家伙在做非法生意。

　　到了草原，二舌头用手机招来了几个狐朋狗友。他们一见面就叫骂连天地砍价，有时说汉语，有时又讲蒙语。二舌头这家伙蒙汉语都会，应对自如。要不怎么叫他二舌头呢。他们最后以50元一只的价格成交。

　　接着我看见那些人都把摩托车的排气管子拔掉了，加大油门向草原深处冲去。因为少了排气管，摩托车的声音就像放枪一样响，立刻，我看见有许多百灵鸟被惊飞起来。那些人有的便跳下车来，挥舞带网兜的长杆追逐捕捉。

　　二舌头这时从他的小车里拿出几个空纸箱来，他对我说："走吧，帮我去收百灵鸟。"我说："百灵鸟是国家保护动物，你不要拉我犯罪哟！"二舌头却把手一摆说："老子做这生意都好几年了，也没球事。"他又压低声音说："你放心，哥们上头有人。快走吧，挣了钱我分你几个。"我被他连拖带拉弄到现场，这时我才发现，他们抓到的百灵鸟大都是刚刚出窝的小鸟。二舌头说："要的就是这样的鸟，容易驯养。"

　　快到晌午的时候，已经收了100多只。我说："行了吧，不要继续残害生命了。"二舌头却说："这才哪到哪呀！老子要收够1000只，狠狠赚他一笔。"我正想着怎样说服二舌头，突然感到眼前的一切都变得明亮起来。我举目四望，便看见一个年轻女人正步态优雅地向我们走来。我发誓自己长这么大还没有见过这么漂亮的女人：她的身姿映衬在草原之上，她的眸子、她的皮肤、她身上佩戴的饰物，都在太阳底下闪闪发光。随着她步步走近，我分明感觉到她的高贵气质就像山一样压得我喘不过气来。我想看她，又不敢看她，眼神就像蛇一样东躲西藏。

我感觉她最后站在了我的面前，波光流动的眼睛看着我面前的纸箱，好听的声音传入我的耳鼓："你们在收百灵鸟，多少钱一只？"巨大的威压感立刻从我的肩头卸去，我不由看了她一眼，并没有马上回答她的问话。我又听见她说："现在草原上的百灵鸟越来越少了，可是城里养鸟的人却越来越多了，价格肯定越抬越高了吧？"我又看了她一眼，感到她身上的光芒在一点点消退。"50！"我硬邦邦地说。"50。"她重复了一句，脸上的表情古古怪怪。

这时候二舌头走了过来，他的两眼在对着女人放电，他用一种甜得发腻的声音说："哎呀，这不是百灵姑娘吗，是什么风把你又吹回草原来了？"也不等对方回答，他又冲着我说："认识吧，这可是草原上最俊的百灵鸟啊，唱得又好。草原留不住她，人家进了城，成了阔太太，有的是钱。哎，我听人说你可是二奶呀！"

我看见女人的脸腾地一下就红了，她的目光划过二舌头的脸，最后落在那100多只百灵身上。她说："你们还没有收够吗，再不走的话，公安的人就来抓你们了。"

她的话把我吓住了，但是二舌头却一点也不怕。他哈哈大笑，说："他们呀，来给我站岗还差不多。"我听见女人轻轻地叹息了一声，她蹲下身子，伸出纤纤玉手，去抚弄纸箱里的鸟儿，她在说："你们这些小可怜啊，将来真要和我一样吗！"

后来她又站了起来，她看着二舌头说："你不要让他们再捉了。你的这些鸟，卖给我吧，怎么样？"二舌头说："卖给你？你买它们干什么？"女人说："我有用，你开个价吧。"二舌头脸上露出了坏笑："200元一只，你要不要?""好吧。"女人说,"但是有个条件,就是不要让他们再抓了,免得出事。你让他们走,我让人送钱过来。"说着,女人就从坤包里掏出一个精巧的手机来。

二舌头的两眼大放贼光,他冲过去对那些人大喊大叫。女人也在这边打起电话来。她说的是蒙语,我不懂她的意思。但也就是一个多小时的样子,远处就驶来了一辆高级轿车,车上下来一个司机,把一个纸袋交到女人手上。女人打开袋子看了一眼,就把它递给了二舌头。二舌头接过来看了一下,立刻拉我上了他的车,开起来就跑。一直跑出很远又突然停住,他嘟嘟囔囔地说:"这个小娘们,她到底要干什么呢?"

我们下车回望,立刻惊呆了,只见那个女人正站在那边的草地上,一只又一只地在放飞百灵鸟。随着她的动作,甜美绝伦的歌声正在天边回荡。我久久地望着这个神秘的女人,一时间,觉得所有的光环又回到了她的身上。

成仙记

黄大仙人本名李石头，他能成"仙"，靠的是黄鼠狼。

黄鼠狼，俗称黄皮子，是一种狡猾而神秘的动物，它的胆量和智慧甚至在狐狸之上。它们成群结队地在村庄附近出没，一有机会，就溜进人家去偷鸡摸鸭，让人防不胜防。更厉害的是，据说这东西还能在一定距离内放出一种气味来迷乱人的神经，在民间，黄皮迷人的故事比比皆是。

但是黄皮再狡猾也斗不过好猎手，李石头的老爹就是一个猎杀黄皮的高手。

据说，他老爹打黄皮有绝招，绝到他只要拿着望远镜往村外的山坡上一看，就知道那里有无黄皮存在。一旦他发现了黄皮的踪迹，那这窝黄皮就倒霉了。也不知他都用了什么办法，反正不出几天，就会把这窝黄皮赶尽杀绝。

黄皮的皮当然很值钱，特别是它尾巴上的那一绺硬毛，是做毛笔的上好材料。所以李石头他爹当年可没少发"黄财"，但是到了李石头这一辈，黄鼠狼越来越少，几近绝迹。尽管李石头也曾学过猎杀黄皮的本事，却是英雄无用武之地。不过，这家伙最后还是在黄皮身上做文章，竟然转而饲养起黄鼠狼来。因为饲养成功，他一样发了"黄财。"

但是人有旦夕祸福，李石头成也黄皮，败也黄皮。说起来，也怪他过于抠门，不该得罪村里和乡里的干部。人家看得起他，找他来弄几张黄皮，但他居然不给面子。不给面子，不是等着挨收拾吗？

那年闹"非典"，到处封锁消息，干部们一商量，勒令李石头把他养的黄鼠狼统统杀掉。说这东西和南方的果子狸差不多，是"非典"的传染源。当时正是夏天，黄皮根本不值钱。李石头眼含热泪，将黄皮毒杀了一批，又乘着月黑风高，运出村外偷偷放生了一批。

事情就出在放生的这一批黄皮身上。他们本来是人工饲养的，缺少野外生存经验，当它们在野外撒够了欢以后，又来找人要吃要喝。于是，远近一带就闹起黄灾来。这些黄皮竟然不怎么怕人，经常青天白日进村搅扰，有时闹得鸡飞狗跳。

后来"非典"过去，人们为了生活安宁，便纷纷来求李石头，希望他帮忙灭除黄灾。李石头有求必应，所到之处，黄皮望风而逃。

事情奇就奇在，村长家里的黄皮闹得最凶。黄皮好像知道村长曾经害过它们似的，成群结队到他家兴妖作怪。先是他家的鸡鸭被统统咬死；随后他家冻好的猪肉甚至包好的饺子也不翼而飞；接着，村长的老婆满地打滚，又哭又笑。村长慌了手脚，万般无奈，只得也来请李石头除灾。

村长进了李石头的家，李石头却对他不理不睬。直到村长三顾茅庐，就差给他跪下，李石头才起身去了。

李石头进了村长的家，他抖出一件红衣穿好，又弄散了头发，然后拿出一柄木剑，装模作样且舞且唱。他数说的都是村长的桩桩罪行，直说得村长汗如雨下，连打自己耳光，指天发誓从此一定做个好官，李石头才收了"法术"，说："只要你真心改过，本仙可保你一生平安。"说着，叫人抬来一只笼子，他往里边不知放了些什么食物，当天夜里，村长家里的黄皮就被一网打尽。

连李石头自己也没有想到，他竟从此声威大振。"本仙"二字一出口，就再也收不回来了。远近的人们把他的事情添油加醋，传得神乎其神，前来对他顶礼膜拜、请他去除灾看病的人越来越多，这个仙人他不想当都不行了。

李石头本想重操旧业，饲养黄皮，但如今众星捧月，他只好当起了专职神仙，黄大仙人渐渐取代了他的名字。

　　世上的许多神仙，其实都是这么产生的。

飞 龙

刘四对我说："跟我上山去捉飞龙吧。"我赶快摸一摸他的脑袋，问他："你没病吧?"刘四打落我的手，说："你想发财，就跟我上山去。"

走在路上，我又问他，我们这里的山上什么时候有飞龙了? 飞龙不是东北大兴安岭的树林里才有吗? 他说："兴他们有，就兴我们这里有，难道我们这里的鸟就不能变成飞龙吗?"

我去过东北，知道兴安岭中有一种珍贵的鸟叫飞龙。它的样子有点像鹌鹑，但是它们生活在树上。据说飞龙肉特别香，且有药用价值，这些年它的身价似乎已经超过了人参、鹿茸，更不用说乌拉草了。正因为如此，在东北能见到飞龙都不容易，怎么我们这里竟然也出现了飞龙呢!

来到山上，刘四从一个布袋里掏出一张网来。他让我抓住一头，我们两个把网撑了开来，然后他说："走，听我的指挥，让你高你就高，让你低你就低。"

我开始跟他在山野里奔跑。他东张西望，专门往一些沟沟坎坎的地方钻，一会儿就把我累得汗流浃背。我说："飞龙不是在树上吗，你这是在捉飞龙呢还是在捉地龙呢?"他说："你管它飞龙地龙，抓到手里才是好龙。"

忽然，他压低声音对我说："注意，有了! 快，把网举起来。"顺着他眼神的方向，我果然看见十几只灰土土的大鸟，在一条长满杂草的小沟里移动。我按照他的指挥，高高地举起了网。我们沟这边一个沟那边一个，就那么举着网向前快速推进。我看见奇迹发生了，就是那些鸟突然都不动了。它们原地趴下，缩起头来使劲往地上贴，恨不能钻进地里去。我们的大网在空中嗖嗖地响着，一会儿就到了它们的头顶上，可是它们越发不动了，老实得像石头一样。刘四喊了一声："落！"我们一松手，大网便铺天盖地地把那些可怜的家伙全罩住了。这时它们才想起蹦跳飞腾，可是一切都已经晚了。

我扑上去和刘四一起往外抓鸟。我一看这鸟的模样，立刻大喊这是什么飞龙，这不是傻半鸡吗！从小我对这种鸟简直太熟悉了。傻半鸡又称傻半斤，是我们这一带最傻的鸟。每到秋天，它们吃得肥肥胖胖，不老实在山上待着，非要在每天黄昏的时候到处乱飞。结果村边和山上的电线就成了它们最大的克星。原来傻半鸡的眼睛和家鸡的眼睛一样是雀蒙眼，一到黄昏就不好使了。它们根本看不到那细细的电线，一大群飞过来，但听见砰砰砰地一阵乱响，就有许多撞落尘埃。我们这些孩子一听见这声音就拼命往外跑，去抢撞死的傻半鸡。有时早上起来，还跑到山上去沿着电线杆寻找，叫做"按线寻鸡"。我最多的一次是捡到过六只傻半鸡。爹舍不得吃，拿到城里去卖，每只卖了两毛五分钱。那时做好的傻半鸡每只才卖五毛钱。后来涨到8毛、1块、2块、5块、10块……直到傻半鸡绝迹。这些年搞封山育林，看来傻半鸡又回来了。

刘四边抓"鸡"边斥责我说："什么傻半鸡，这就是飞龙。一会儿进城，不许你乱说啊！"接着我们就下山，坐车直接去了市区。我们在一家大饭店门前下了车，刘四叫我等在外面，他自己提着装傻半鸡的布袋进去了。我注意看了一下这家酒店的招牌，忽然被一行大字吸引：正宗东北飞龙汤。

我索性推门进去，立刻受到热情迎接。我说："我先不吃饭，我来打听一下飞龙汤的情况，看是怎么卖的，回头我请朋友来喝。"服务员马上告诉我："飞龙汤350块钱一碗，2500块钱一钵。"我吓了一跳说："哇，这么贵!"服务员说:"不贵呀!知道吧,这飞龙是我们从大兴安岭专门运过来的,一只飞龙就要上千块呢。"

我无言地走出来。这时我看见刘四也从后门兴高采烈地出来了。他向我扬了扬手中的一大沓钞票,老远就说:"赚大了,每只卖了300块!走,我们潇洒去!"

我却高兴不起来。既然傻半鸡可以变飞龙,那赶明家鸡就可以变凤凰咯。而且,再以此类推呢?!

无神论者

　　吴畏先生是个彻头彻尾的无神论者，他对全世界宣布说："天下没有什么东西可以让我恐惧。"是啊，一个连鬼都不怕或说是都不信的人，还有什么可以害怕的呢？

　　吴先生最推崇的人是鲁迅，不为别的，是为鲁迅先生曾经月夜踢鬼。吴畏先生于是有时也乘着月光外出走走，可惜城市里到处灯火辉煌，根本就无鬼可踢。

　　忽一日，吴畏先生还真的就遇见了鬼，不过他的表现嘛，嘿嘿，一会儿你就知道了。

　　吴畏先生在一所中学里当教师，教的是生物课。这门课需要一些标本，其中还有一些人体标本。这天讲到了人的头骨结构，他便让课代表把头骨标本端到教室去，但课代表胆小，不敢拿，吴畏先生便亲自拿。

　　吴畏先生很炫耀地端着头骨走进教室，动作夸张地把它放好，他听见底下有女生发出低低的尖叫，他便响亮地笑了一声，他说："同学们不用怕，这有什么可怕的呢？彻底的唯物主义者是无所畏惧的！大家要知道，我们每个人的头骨都和这个是一样的，只不过你现在有毛发血肉，它没有罢了。但是迟早有一天，我们每个人的头骨都会变成这个样子的。"

　　吴先生拿起讲棍，敲了敲头骨，接着说："譬如这位先生，谁能知道他生前是干什么的呢？说不定，它也和我一样，是个生物教师呢！让我来问问它，先生，你生前是谁？你的大脑结构是怎样的呢？你……"

吴畏先生的话猛地戛然而止，因为他亲眼看到，头骨似乎动了一下。

吴畏先生揉了揉眼睛，用讲棍又敲了一下头骨，他说："你能回答我吗？"

接下来的事情简直不可思议，所有的人都看到头骨一连动了好几下，清清楚楚，明明白白。

教室里立刻发出一阵尖锐的喊叫声。

吴畏先生的额上立刻蹿出汗来，他声音颤抖地喊："同学们……别怕……别怕！有……我呢！"

但是那个头骨似乎被激怒了，它居然猛烈地摇晃起来，竟碰得托盘和讲桌"格啷啷"地响。吴畏先生的脸色刷地变得惨白，两腿不由自主颤成了两张弓。

教室里乱作一团，所有的学生都跳起来，争相从门口和窗口（幸亏是平房）逃命，整个局面一塌糊涂，不可收拾。

那头骨好像也不客气，它竟在托盘里移动起来，显然想去追赶谁，这恐怖的景象使得所有的人都心胆俱裂，"爹呀"、"妈呀"的声音伴随着哭声响彻了校园。

头骨最后竟滚动起来，"啪"的一声响，它跌落在地上。这时候，跑在后面的一些学生忽然停住了脚，他们大叫："别跑了，老鼠，老鼠！"

他们眼睁睁地看见，一只肥大的老鼠从头骨里惊恐万分地跑出来，和学生们一样拼命逃窜！

于是，教室里又开始上演捕鼠闹剧。

待学生们把老鼠打死，把头骨重新摆好，这才想起他们的教师吴畏先生。

但是无神论者吴畏先生早已逃得不知去向。

一窝小鸟

·

虎成和连营告诉我，他俩在山上"占"了一窝鸟。

所谓"占"，是说他们发现了鸟窝，并做了记号。每到夏天，我们这些孩子就开始在山上寻找鸟窝，有时候会一连占下好几窝。

在我的强烈要求下，他俩这天带我去看那窝鸟。

路上，他俩眉飞色舞地向我讲述了他们"占"这窝鸟的过程。

知道吧，这可是一窝凤头鸟呀！它们可不像马古兰子、山知拉子那么傻。我俩头上戴着草圈，连滚带爬的，直溜跟踪那两只大凤头鸟小半天，才发现了它们的窝。告诉你吧，那窝里已经有三个鸟蛋了。

我们爬上山来，左弯右拐，最后来到一片草丛里，用手拨开一堆白蒿，一个精巧的鸟窝便出现在眼前。鸟窝是那么隐蔽，就是你走到跟前也很难发现；鸟窝用细草和马尾编成，里面的鸟蛋已经变成了四个。我们欢呼雀跃，欣赏了许久才慢慢离开。

从此，我们几乎每天都来视察鸟窝。那两只凤头鸟显然知道我们发现了它们的窝，每次我们来，它们都会在附近低飞鸣叫，好像在向我们发出警告。但是它们毕竟太弱小了，它们除了叫唤，还能把人怎么样呢。

鸟窝里的鸟蛋增加到六个的时候，就不再增加了。凤头鸟开始抱窝。我们再来的时候，走到跟前了，大鸟才扑棱棱地从窝里飞出来。飞出来也不远去，就落在十几步远的地方朝我们愤怒地叫着。又过了些天，我们再来的时候，发现鸟蛋都变成了光腚子小鸟。它们都还没有睁眼，当我们伸手抚弄它们的时候，它们就张开黄黄的小嘴，向我们讨要吃食。大鸟嘴里叼着蚂蚱飞来了，看见我们动它的孩子，就不顾一切地在我们的头上盘旋，一副要跟我们拼命的样子。

我们开始讨论怎样处理这窝鸟。最后大家一致认为，要在小鸟睁开眼睛以后，就把鸟窝端走。要知道，凤头鸟是非常聪明的，它们会在小鸟稍微大一些以后，便把它们从窝里一个个地搬走。

这天，我们按计划对鸟窝采取了行动。当我们端着鸟窝往前走的时候，我们看见两只凤头鸟就像要疯了一样，它们急得贴着地皮扑腾鸣叫，那模样正如人在悲痛时打滚碰头。在一瞬间，我的心被深深地触动了。我说："不然，我们把鸟窝放回去吧。"但是虎成和连营却都不同意。他们说："好不容易发现的，为什么要放回去！"我说："我们把它们拿回去，有什么用啊？"虎成说："好玩呗！再说赶明咱们把它们养大了，还能拿去卖钱啊。"

我们一点不顾凤头鸟的感受，活生生地硬是把一窝小鸟端回了家。那两只大鸟，一直追我们到村头，才哀叫着离开。

我们进了村，立刻有不少孩子围过来看小鸟。等我们风光够了，这才想起要给小鸟安个新家。经过反复选择，我们最后把鸟窝放在了窑厂的墙缝中。这个地方很隐蔽，很少有人来，我们把鸟窝放好，又在门口挡上石头，以防止猫啊狗啊前来捣乱。一切完成了，我们就去捉蚂蚱，自觉担负起了大鸟的责任。

头几天大家都觉得很新鲜，三个人都争先恐后地打蚂蚱、喂小鸟。可是几天过后，就觉得有点麻烦。虎成说："我看这样吧，我们三个人轮流，一人喂一天吧。"

开始轮的时候也还认真，慢慢就有点懈怠。那一天，当我带着蚂蚱来喂鸟的时候，刚把挡在门口的石头移开，立刻一股臭味扑面而来。仔细一看，六只小鸟横七竖八地躺着，统统饿死在窝里。不用说，虎成和连营这两天肯定没来喂鸟。我气愤地找到他们理论，虎成却轻描淡写地说："不就是一窝小鸟吗，想要赶明再上山去找。"

我气得说不出话来，只好把那些可怜的小鸟埋了。

从此，这窝小鸟就活在了我的记忆里。多少年后，那几只光腚子小鸟，还在那里吱哇喊叫。它们大张着黄黄的小嘴，向我乞讨着吃食。它们令我惭愧，让我汗颜。永远。

狗　宝

这个故事的真实度是百分之百。

张大爷家养了一条大黄狗，个头长得像小牛犊一般高，人见人怕。

张大爷当然有充分的理由热爱他的大黄狗，人们看见他一有空，就带着大黄狗一起玩耍，有时还带它上山去打猎。和张大爷开玩笑的人都说：这是爷俩儿。

那一年，张大爷要回山东老家去。他起早赶车，那狗一直跟他到了车站。张大爷上车，它也跟着上，吓得女乘务员直叫。张大爷只好下了车，拍着大黄狗的脑袋说："我回山东老家，很快就回来，你快回家去吧。"

大黄狗站在车下，眼巴巴地看着汽车开走，接着汪汪叫着，一直追出去很远。

这天，大黄狗没有回家。

张大爷坐完汽车坐火车，很快就到了老家。和多年未见面的亲人相聚，使他每天心情激动。但更让他激动的是，大黄狗居然千里迢迢找他来了！

张大爷简直不相信自己的眼睛，直到大黄狗叫着扑进他的怀里，舔他的手和脸时，他才确信这是真的。

天哪！塞外和山东相隔数千公里，路上还要经过黄河，这条狗自小在塞外长大，它不可能知道张大爷的老家在哪里，它是凭着什么找到主人的呢？奇迹，简直是奇迹！

然而这是千真万确的。这个谜团直到今天也无人解开。

张大爷回来时，当然也无法带狗上车。但是他刚到家没几天，大黄狗也跟着到了。

一村人轰动不已，也有许多人坚决不信，说张大爷吹牛。张大爷气得说："爱信不信，反正我信。我的狗它是一条义犬、神犬。"

自此，张大爷对大黄狗更是溺爱有加，连他的儿子都嫉妒地说："我爹对狗比对我还好呢！"

如果故事到此结束，也许并没有多大意思，但后来发生的事情，却有点发人深省。

大约是一年以后，大黄狗忽然病了。它不怎么吃食，每天夜里都蹲在院里，对着月亮和星星嗥叫。它的叫声凄厉悠长，吵得半村人无法睡觉，大家纷纷来找张大爷抗议。

张大爷家的人更是烦躁，他儿子夜里几次偷偷起来，抡起大棒要把大黄狗打死。

张大爷就领着大黄狗去看兽医，但兽医也说不清它这是得了什么病。

无奈之下，张大爷决定带大黄狗搬到村子的后山上去住。那里有口破窑洞，把里面收拾一下，在里面睡觉没有问题。一家人拼命反对，说你那么大岁数了，一个人去后山干什么，干脆把狗打死算了。张大爷说："这狗这么仁义，我怎么舍得杀它！我看你们谁敢下手！"

最后，张大爷冲破一切阻力，毅然带狗来到了山沟里。到了夜里，大黄狗的病又发作了，对着月亮或星星又是阵阵嗥叫。在这远离人群的地方，这声音听起来非常恐怖。但是张大爷不怕，他在窑洞里默默抽烟，在陪伴着大黄狗，他相信大黄狗很快就会好的。

没想到张大爷也病了。他得的是脑血栓，住进了医院，他的儿子恨恨地看着大黄狗骂："都是你这畜生！"他找来一条绳子把大黄狗勒死了。勒死了还不解气，还要食肉寝皮。当他割破狗胃时，发现里边有许多血糊糊，有的已经结了块。有明白的人看到了，不由大叫："天啊，这是狗宝啊！"

明白的人说："狗宝和牛黄一样，都是非常贵重的中药材。可惜大黄狗的狗宝还没有最后长成，值不了多少钱。"张大爷的儿子听了，悔恨不已。

张大爷在医院病床上稍好，就嚷着要见他的大黄狗。儿子应付不过，只好说了实话。张大爷愣了半晌，病从此一天重似一天。

张大爷留在这个世界上最后的话是：大黄，到那边你还当我的狗啊！

儿子安葬了父亲，并在父亲旁边挖了一个坑，把重新组装好的大黄狗埋在了里面。

狗　患

　　吴小抠家养了一条四眼狗，白天栓上，晚上撒开。

　　吴小抠这人"抠门"是出了名的。邻人说他放屁崩出一个豆子，也要放回嘴里吃了。这条狗来到他家，也算是倒了霉。他白天一点食也不喂它，晚上撒开它，为的是让它自己外出去找吃的。这样，就等于是让别人替他家白养着一条狗。

　　他家这四眼狗却也真有本事，每天夜里都能吃个滚瓜肚圆回来。而且它的本事越来越大，甚至有猎物叼回家来：山鸡呀、野兔呀。吴小抠享受到这些东西，就更不喂它了。每天晚上撒它的时候都说："去，弄点好东西回来。"

　　这天早晨，四眼狗给他家叼回一个死婴来，吓得他媳妇杀猪般地叫。吴小抠也很害怕，他把狗打了一顿，用铁锹悄悄把死婴端出村埋了。

　　媳妇就对他说："算了，别让狗再出去了，咱还是按时喂它吧。"

　　吴小抠说："那多浪费！狗这东西天生就是自己打食吃的，不用喂它。"

　　吴家的狗继续昼伏夜出，而且，它竟开始往回叼肉了。这四眼狗精明得很，一回家就扒坑，把它吃不了的肉埋起来，准备下顿吃。但是吴小抠每天在院里搜索一遍，把肉找出来，洗一洗，再拿到街上去卖。

那狗的业务水平越来越高，每天都能叼东西回来。这些东西已经不再是野物，有猪肉，有牛肉，有天晚上还叼回一个猪头来。吴小抠乐得什么似的，卖不掉的，就留着自己吃。

但本村和周围村庄的许多人家却倒了霉，他们精心放好的肉食动不动就莫名其妙失窃。也不知是什么人干的。后来有人发现是一条狗作的案，就设计捉狗。但那狗却非常狡猾。一时，狗精的故事到处传播。

村里人议论纷纷，只有吴小抠一个人偷着乐。这天夜里，只听外面人喊马嘶，叫喊打狗。吴小抠早上起来一看，它的宝贝四眼狗身受重伤，躺在院里喘气。

吴小抠赶紧给它包扎，又破天荒喂它吃食。养了一些天，狗伤好了。吴小抠又给它解开绳子，赶它出去寻食。但那狗却在院里跑来跑去，不肯再出去找食。吴小抠就打它，饿它。

媳妇说："既然我们养它，就应该喂它，你可别再逼它出去祸害人了。"

吴小抠把眼一瞪："你懂什么！我养狗就是这么养！"

狗被饿了几天，无奈，只得又跑了出去。这次它不再在村里作案，而是奔向了五六公里以外的县城，到一些饭店里去搜索猎物。

没几天，吴小抠竟然吃上了酱牛肉等食品。虽然吃的是狗剩，但他依然得意洋洋，还喝着小酒，哼着小曲儿。

但是这天，他家却出了大事，吴小抠被毒死了。

原来四眼狗前一天夜里叼回了一块熟牛肉，这肉是人家下了毒的，目的就是要毒死这条狗贼。那狗可能先吃了别的东西，所以它还没来得及吃这块肉。吴小抠早上起来看到熟牛肉，兴高采烈，洗了一洗就切了一块下酒，结果一命呜呼。

他家的人呼天抢地，但是又不敢说吴小抠的真正死因。最后他们把仇恨都集中到四眼狗的身上，把它打死了。

关门打鼠

夜里，我和妻同时被厨房里的响声惊醒，我们知道该死的老鼠又来了。

老鼠这家伙真是让人恨得牙根发痒，你想我家住在 9 楼，可谓"高高在上"了，但它居然也能攀爬而上，前仆后继地来打扰我们幸福宁静的生活。

还是去年冬天，我家的卫生间里不断发生怪事，擦地的抹布接二连三消失，垃圾筐不断地翻倒，后来又发现便池边上堆积着花生壳之类的东西，卫生间的门明明是关着的，如果是老鼠干的好事，它是从哪儿来的呢？后来我们终于发现，老鼠居然从"水路"而来，便池下水道口就是它出没的地方，而直通上下的排污管道就是它的家！于是我们每天用花盆把便池下水道口堵住，谁知它又改走"旱路"，从厨房的下水道口出入。我们忍无可忍，便去讨来毒饵，终于将一只老鼠药翻。但才平静了半年，它的继任者便又到了……

我轻轻爬起，蹑足来到厨房，还未及开灯，便隐约看见一团黑影蹿至屋角，我冲过去寻找，惊慌中的老鼠竟忘了旧路，一直逃到客厅里去了。我心中大喜，立刻跑出来关住了厨房的门，彻底切断了老鼠的退路。我立刻把这一好消息告诉妻子，她却吓得在床上发起抖来。原来她是最怕老鼠的，上次那只老鼠被毒死，一具鼠尸居然吓得她魂飞魄散，何况现在来了一只活的。考虑到她无法出任我的助手，又考虑到夜半打鼠会惊扰四邻，我便将卧室的门、阳台的门统统关死，只等天亮再跟老鼠算账。

这一夜，老鼠在客厅里闹得天翻地覆，它大概已经意识到无路可逃，所以它就拼命寻找藏身之所。有两回，它竟将厨房和卧室的门碰得砰砰响，看来它真的是急了。我不理它，稳操胜券地继续睡觉。

天渐渐地亮了，外面也渐渐沉寂下来。这时我才突然感觉到，人原来是白天的主人，只要白天一到，任何生灵都要让位于人。我打开卧室门走出来，但见客厅里乱作一团，沙发上、地板上拉满了鼠屎，茶几上、电视柜上的花瓶都倒了，水洒了一地，房门口放的几把雨伞也都东倒西歪。可恶的东西！我狠狠地咒着，去找来一截竹竿，还有一只拖鞋当武器，便开始搜索那个倒霉的家伙。

沙发和鞋架下面都看过了，没有；墙角边上的窗帘底下也看过了，还没有；我的目光最后锁定在电视柜下面放着的一摞书上。那些书是因为书柜放不下，暂时放在那里的。当我轻轻把书移开，一只半尺长的大老鼠现出身来。它一看暴露了，竟直直朝我冲来，我甩出拖鞋，却没有击中，于是，这家伙便开始在客厅里跟我玩起捉迷藏来。明明看见它钻进了沙发下，可一找却没有，找了半天原来它藏在鞋架后面。再打不中，一转眼它又逃得无影无踪。我喊妻子出来助战，但她却吓得躲在卧室的门后不敢走出半步，无奈，我只得东搜西寻，上蹿下跳。

终于，我将老鼠赶进了电视柜和屋角之间的空隙中，老鼠急得吱吱叫，撒下一泡尿来，我用竹竿不断桶它，后来它竟顺着窗帘往高处爬去。我一杆将其击落，它故伎重演，又拼命向我冲来。这一次，我可不客气了，我抬起穿了硬底拖鞋的脚，猛力踏去，便踩了个正着，老鼠惨叫一声，歪歪斜斜继续跑着，却慢得像蜗牛爬。手中的拖鞋随即砸去，那家伙终于倒在地上不动了。

至此，我才发现自己气喘吁吁，浑身是汗，身上的肌肉也在不停颤抖，看来我也一样害怕老鼠，不过有大男人的骨头撑着罢了。我仔细端详着这只老鼠，从它那条又粗又长的尾巴上可以看出，它已不年轻。能在高楼林立的城市里长这么大，每天进入不同的人家偷吃东西，也真不是件容易的事情，但再狡猾的老鼠也斗不过人。关门打鼠，妙哉！

再战老鼠

老鼠和人类真是如影随形。过去我在北方的一个城市里生活，曾经夜战老鼠；后来我搬来南方居住，也曾有过关门打鼠的经历；前不久，我迁入一个较为高档的小区安家，再次和老鼠发生了战争。

老鼠最先出现在天棚上。厨房、厕所的天棚是用一块块天花板拼接而成的，有天夜里，忽听雷鸣声响，让人惊心动魄。细查声源，终于弄清是老鼠上了天棚，它在上面奔跑，铁皮做成的天花板便轰然有声。气不过，便以杆子在下面击板，同样发出巨大声响，借以警告老鼠：主人在此，休得放肆。声响过后，老鼠果然安静片刻，但随即又闹腾起来，并好像故意在上面跳跃，似乎在说：俺不怕你！

人和鼠便隔着一层板斗起气来。气极，便将天花板取下数块，以手电向里面照射，却见里面管道纵横，根本搞不清老鼠藏身何处，只得复将天花板合上，望棚兴叹。

随后，开始研究鼠从何来。我认为它肯定是从厨房排油烟机管道里钻入的，因为只有它伸出窗外，但妻不信，她说烟筒高高在上，又从防盗网的空隙穿出，老鼠怎么可能爬上去呢？不过有天白天，我却亲眼目睹了老鼠的攀爬技巧。那天，我正凝神窗外，忽见眼前似有一道闪电掠过，定睛一看竟是只硕鼠，它顺着楼外的铁管子飞速上下，如履平地，可真让我开了眼。把这情景讲给妻子听，她这才相信老鼠果然不凡。

好在老鼠并不是天天都来，因为天棚上肯定找不到吃的东西，所以它再来便不理它。多日以后，竟习以为常。没想到这厮狗胆包天，得寸进尺，不知怎么竟下到厨房里来了。这天夜里，它将厨房闹得米洒瓶翻，一塌糊涂，活活将人气煞。

我将厨房的门关住，开始了地毯式搜索，结果一无所获。我不甘心，将厨台挡板一一打开，点燃报纸去熏，也未发现一根鼠毛。但到了夜里，老鼠再次出现，它毫不客气吃了留在外面的蛋糕，还顺便咬烂了暖水瓶的塞子。

可恶的老鼠，我无论如何都要消灭你！我开始第二次搜索，慌急间手指碰到了刀刃上，鲜血直流，那时我真恨得咬牙切齿，恨不能立即将其碎尸万段。然而，搜索再次无果而终。

屋中明明有只老鼠，可你却找不到它，这滋味真不好受。借来鼠夹，弄来鼠药，但那家伙全不上当。好在这天晚上，它终于自我暴露出来。这天我们还在客厅里看电视，就听见厨房里传来了声响，蹑着脚走进去谛听，声音竟来自厨台上的三个抽屉。这三个抽屉里，装的可都是好吃的东西。

我疯了一样扑过去，把三个抽屉从里到外翻了个遍，果见它将麦片、奶粉袋子咬坏，可是仍不见其踪迹。真是奇哉怪也！我将抽屉重新放好，一时以为自己撞见了鬼。我在那里呆呆地站了许久，再次猛地拉开抽屉，这一回，我终于有了重大发现。

谁也不会想到老鼠竟藏在那里——一卷保鲜膜中间的空纸筒内，如果不是因为它的尾巴长，露在外面一截，你怎么能发现它！我找来两块布，猛地将两头堵住，就那么把它和保鲜袋一起端起来，再放入一个塑料袋中，扎紧，然后拼命摔，用力踩，直至将胸中全部恼恨发泄完毕。再看老鼠，已成肉饼也。

狐　心

　　十里八村的人都知道徐老四是猎狐高手。

　　但是徐老四这些年早已洗手不干了，而且，如果有谁在他面前提起"狐狸"二字，他会立即调头便走，大有谈狐变色的味道。

　　要说狐狸这东西，那是最难打的，不然怎么会有"狐狸精"之说呢。当然，再狡猾的狐狸也斗不过好猎手，徐老四当年就是这样的好猎手。

　　据说徐老四猎狐有三招：炸、套、打。

　　炸，就是用自制的炸子炸。炸狐狸用雷管、地雷什么的当然不行，要用烈性炸药包在碗碴儿里，外面再包上肉，然后把它扔在狐狸经常走的路上，或者把它放到死鸡脖子里，这样，狐狸一吃一咬，里面的碗碴儿摩擦到火药，炸子就会在它口中爆炸，必死无疑。炸狐狸里面有两个关键性技术环节：一个是包炸子，不会包的常常先炸自己；另一个是必须会"码踪"，能在草木和石缝之间看出狐狸的通道来。

　　套，就是在山上下套子。这个更难，猎手不但要有高超的"码踪"技巧，而且还必须有高超的迷踪技巧，套子要真真假假，虚虚实实，就像跟狐狸玩捉迷藏一般，直到把它弄疲了、弄烦了，它才会在大意的时候钻入你的套子。跟狐狸捉迷藏，非高人所不能也。

　　打，就是用枪打。打狐狸不能用老铳，而是要用单子，而且最好打在头部，否则，打在身上，最值钱的狐狸皮出了洞，就价格大跌了。徐老四打枪那是百发百中，可以说指左眼不打右眼，据说他打狐狸经常是对穿，就是子弹从这只眼睛射进去，又从另一只眼睛里穿出来，丝毫也不会伤到狐皮。

既然徐老四深谙猎狐之道，那么他为什么洗手不干呢？知情人说，这和国家禁猎、保护动物的政策虽然有关，但最主要的是，徐老四曾为一颗狐心搭上了亲生女儿的命。

那一年，村上的一个妇女得了一种怪病，久治不愈。有一天，一个江湖郎中来给她看病，开了一个偏方，其中有一味药是活狐之心。妇女的家人立刻想到了徐老四，打酒割肉把他请到家里，求他想办法去搞一只活狐来。半斤酒下肚，徐老四拍胸脯答应下来。

第二天，徐老四就拿上套子上了山，在狐狸道上摆开了迷魂阵。他晚上下套，早上看套，不断改换着战法。到第五天，一只倒霉的狐狸便落入了他的套中。徐老四立刻用口袋把狐狸蒙住，把它抱回了家。那时他的女儿刚刚十岁，当徐老四把狐狸放入笼中，准备给那家人送去的时候，女儿忽然拦住了他。女儿说："爸爸，你快把狐狸放了吧，你看，它在哭呢。"徐老四一看，果然那狐狸在一对对地掉眼泪，眼中充满了乞求。但是这种情景徐老四看得多了，并不以为然。他就对女儿说："小孩子家，你懂什么，人家正等着它的心治病呢！"说着，提着笼子就往外走。

想不到女儿竟在后面尾随，狐狸掉眼泪，她也掉眼泪，并不住地说："小狐狸，你真可怜啊！我救不了你，对不起啊！"

那家人一见狐狸，喜出望外，立即找来刀子，准备杀狐。那狐狸一见明晃晃的尖刀，立刻在笼中蹦跳哀鸣，徐老四的女儿见状也在一边哭出声来，她喊道："求求你们放了它吧！"谁知徐老四不但不听，还扭头骂了女儿一句。他们七手八脚上前，很快就将利刃刺入狐狸腹中，竟将一颗狐心血淋淋地扒了出来。

这时，人们听到徐老四的女儿发出一声惨叫，她突然倒地，脸色青白，气息全无。这时徐老四才感到了事态严重，急忙上前抱起女儿，又叫又喊，又拍又打，许久，女儿方才苏醒，兀自哭喊不止。

从此，徐老四的女儿就病了，她动辄便发痉挛，抽搐时口吐白沫，口中乱叫："哎呀，我的心啊，你们为什么要扒我的心啊！"人都说，徐老四的女儿是被狐仙附体了。

徐老四遍访名医，不治；又到处求仙拜佛，乞求"狐仙"原谅，未果。一年后，女儿撒手人寰。徐老四这时才幡然醒悟，痛悔不已，然而一切都已为时太晚。

徐老四就这样告别了猎人生涯。

怀念牛

一路上，我恨不能把大黄牛打死……

这是三十多年前的一天，终古不变的太阳照耀着内蒙古一个农业县的乡村土路，十七岁的我赶着一辆破牛车，进山拉柴去。

那时我家成分高（我爷爷是地主），所以像我这样一个"地主羔子"，在村里就经常受到欺凌。昨天娘带着我去找生产队长申请用车时，生产队长的脸从头到尾都是黑的。早晨我套车出发，生产队长又特意赶来说："就给你一天时间，今天天黑以前必须回来，牛不能少半根毛，车不能有半点损坏，否则，你就是破坏生产！"听听，这叫什么话，我心里真是恨死了他。

因为心里有气，我便拿驾车的大黄牛出气，没想到它却跟我捣起蛋来。他开始不走正道，一会儿往左拐，一会儿往右行，还不断地想走回头路。我用鞭子使劲抽它，也许因为我人小力不够，它好像根本就不在乎。直到我把鞭子打烂，它也根本不听我的指挥。看我手里没了家什，它变得更加嚣张，居然往路边一靠，梗起牛脖子不肯走了。我跳下车来，恶毒地咒骂它，用脚踢它，可它就是不走。它的一双牛眼不断地斜视着我，我分明在那里面看到了轻蔑和嘲笑。联想到村上人对我的欺辱，我真的是被气急了。我看到车上有一根绞柴车用的木棒，就把它抽出来，抢起来就往大黄牛身上猛打。我边打边骂："去你的,让你们欺负我!让你们欺负我!"这回它大概被打疼了,居然狂跳起来,拖着车子下了便道,没命地往前狂奔,直到车被树挂住。

我从后面追上来,脸上流的不知是汗水还是泪水,我和大黄牛面对面地喘着粗气,互相怒视着。如果当时我手上有刀,我真想马上宰了它。宰了它我就自杀,这个世界真是太冷酷了!后来我冷静下来,我把木棒放回到车上,上前去摸大黄牛的脑袋,我带着哭腔对它说:"大黄牛,我求求你了。我知道你不愿意进山,刚才也是我不好,可我家连一点烧柴也没有了。我还得活下去呀!你可怜可怜我,行吗?"说也奇怪,不知大黄牛是闹够了还是听懂了,接下来它竟开始听我指挥,重新上路出发了。

由于在路上耽误了时间,所以到林场装上柴火以后,太阳就压山了。林场的一个职工对我说:"小伙子,你干脆等明天再走吧。出山这么远,小心碰上狼啊!"我何尝不想如此,可我想起了生产队长的话,只好摇摇头,咬牙上路。临行前,我在林场选了一根小臂粗的柞木棍防身。

回家的大黄牛根本不用吆喝,它拖着一大车柴火还有我,大踏步地朝前走着;但无论它怎样快走,没等出山天就黑透了。路上空空荡荡,不见一个人影。天越来越黑,我越来越怕。我忽然觉得,大黄牛成了我在这个世界上的唯一依靠。

真是怕啥来啥。忽然,大黄牛的脚步慢了下来,接着它又停住了。我往前面一看,头发不由直立起来。狼!前面的路上站着几条黑影,它们的眼睛闪动着蓝光。我一下觉得浑身发麻,几乎就要从车上栽下来。大黄牛这时回头看了看我,好像在问我怎么办。我声嘶力竭喊了一声:"大黄牛,全看你的了!"话音未落,只听大黄牛哞的一声大叫,它把脑袋贴近地皮,拖起车快速向前冲去。几条狼先还在路上不动,等到大黄牛走近,它那两支锋利的犄角向它们晃动的时候,它们才不得不跳开,但随即它们便开始从两侧向大黄牛发起进攻,跳跃着去咬大黄牛的肚子和腿。这时我被大黄牛的气势所鼓舞,几乎忘了害怕。我两脚分别站到两边车辕上,抡起柞木棍开始打狼。柞木棍极其坚硬,打到狼身上发出沉闷的响声,我听到了狼的哀叫声。这样一来，大黄牛的犄角和我的柞木棍便形成了一张强大的火力网，车上的柴又是树杈荆条，所以狼们只有跟着车跑，不敢靠前。但它们并不放弃，继续穷追不舍，在车的两边蹦跳嚎叫。

前面突然出现了两支火把，接着听见马蹄声响，跟着的狼立刻不见了。啊，有人！我当时的感觉就像是见到了救星。更让我想不到的是来人竟是生产队长，还有几个村里人，他们是专门来接我的。我一时激动得不知说什么才好，霎时觉得生产队长的黑脸也是那么可爱。

生产队长看了看我，问了一下情况，淡淡地说了一句："没事就好。"随后他又说了一句，"大黄牛真是好样的。"我一下从车上扑下来，上前抱住了大黄牛的脖子，使劲地亲吻着。大黄牛也伸出舌头，舔着我的脸。在这一瞬间，我和大黄牛成了生死至交的好朋友。

此后我经常到牛栏里去看大黄牛，送青草给它吃。为此，村里人也开始对我友好起来，说我是个有良心的人。是啊，我怎么能忘大黄牛呢。如果不是大黄牛的勇敢忠诚，我也许早已葬身狼腹了。这件事虽然过去了多年，大黄牛也早已不知所终，但我依然深深地怀念它。

浪漫和恐怖之夜

那一年，我在草原上当知青，放马。有一天不小心丢了两匹马，只好连夜去找。

夏日的草原之夜是美丽的，星光闪烁，花香隐隐。我骑在马上，大声地呼唤那两匹马的名字。我听见自己的声音远远地传出去，又在什么地方碰回来，形成了此起彼伏的回声。

天不知什么时候阴了，接着雷声隆隆，下起雨来。我打马飞驰，准备找个地方避雨。天黑得像锅底一样，我很快就迷失了方向。好在这时，前面出现了一簇灯火，我急忙打马驰去。

这是一座蒙古包，蒙古包里只有一个很俊俏的蒙古姑娘。她还会讲汉语。她说她叫格日勒，和父亲住在这里放牧，他的父亲出去放马，到现在还没有回来，她很担心。我告诉她，这么晚了，天又下雨，他肯定不会回来了，他肯定会找个安全的地方躲雨，并继续放夜马了。我一边对她说，一边暗想自己今天可能有艳遇了。

格日勒开始熬奶茶给我喝，并往奶茶里放了炒米、奶豆腐、黄油，她在那里忙着，苗条的身材和好看的脸蛋在灯光下格外迷人，我不由开始想入非非。而且天遂人愿，外面的雨越下越大，这样我就有了留下来的充足理由。

夜更深了，我们忽然都变得沉默起来，沉默中我们的视线不敢相碰。最后还是我鼓起勇气说："天太晚了，我们睡觉吧。"

格日勒应声而起，她找来一张汉族人用的炕桌，摆在"床"的中间。她说："你睡那边，我睡这边，不许乱动。"说着吹熄了灯。

我听见黑暗中响起了窸窸窣窣的声音，猜想格日勒肯定在脱厚重的蒙古袍，那一刻，我感到自己的胸膛里就像有一只狼在嗥叫，我真想疯狂地扑过去。

"狼"在继续折磨我，使我无法睡眠。不知外面的雨什么时候停了。也就在这时，我突然听见了马嘶声，而且是那么惊恐和急促。我慌忙爬起来，顺着蒙古包的门缝往外看，我登时惊呆了。只见夜幕下有几十对小灯笼在晃动，每对灯笼下面都活跃着一条黑影。现在，条条黑影已将我的"坐骑"团团围住。

我急忙喊了一声："格日勒！狼！便返身去摸步枪。"那时我们这些马倌每人都配枪。黑暗中我和格日勒撞了一个满怀，感到真是香软无比，但现在我已经顾不上这些了。

我摸到了枪，推上了子弹，再次来到门旁，我将枪管伸出去，抖着手就要开枪。这时我听见格日勒喊："先不要开枪！把枪给我！"说着就像抢一样拿走了我手里的枪。

格日勒趴在门缝上往外看，她又问我："你一共有几颗子弹？"我说："一共五颗。"她说："这么多饿狼，五十颗也不够。不能打，只能吓。一会儿你要跟着我喊。"格日勒又朝外看了看，"砰"地一枪射向了半空，随着大喊："捉——噢！"我也跟着大叫："捉——噢！"

我看见狼群忽地一下四面散开，但很快又聚拢，继续向我的马进攻；格日勒再开枪，再喊，狼散了再聚。一连三枪，狼毛未损，我的马却已倒下了。我哭喊："我的马啊！"格日勒说："你别这样，不能让狼听见哭声。我打三枪，一会儿，别处就有人来了。"

饿狼们疯了一样扑上去撕咬我的马，格日勒忽然指着一条看样子已经吃饱，蹲在一旁的大狼说："你看见没有，那就是头狼，给你枪，替你的马报仇吧。"

我接过枪，瞄得准准的，一枪击去，那条狼一下栽倒了。群狼登时大乱。格日勒喊："快，再开一枪！"我随即将最后一颗子弹射出，又有一条狼栽倒了。

只见格日勒猛地打开门，挥舞着一把大扫帚猛冲出去，大喊着：捉——噢！我受到她的鼓舞，也跟着冲出去，挥着枪大声吆喝。

群狼不知是因为失去了头狼，还是被我们的气势吓倒了，开始纷纷逃窜，眨眼便没有了踪影。这时，远处的什么地方也传来了枪声，那是别处的牧人赶来救援了。

我和格日勒都剧烈地喘息着，喘息了一会儿我们才彼此突然发现，格日勒只穿着内衣内裤，而我呢，也只穿着背心裤衩。格日勒惊叫了一声，两手掩胸跑进了蒙古包。

奇怪的是，我胸中那条"狼"此时也完全平息下来了，我心中却升起了另外一种情感，那是钦佩和崇敬。想想刚才，若不是格日勒沉着冷静，事情还不知如何发展。事后有人告诉我，如果我们开始就向狼群开枪，那么这群饿狼就一定会冲过来，将蒙古包连同我们一起撕碎。

我至今难忘那个浪漫和恐怖之夜，更忘不了勇敢的蒙古族姑娘格日勒！

狼　涎

　　这个故事的开头有点俗：有个农民叫做锅扣，有一年他进山去抓了一条狼崽，带回家里来养着，一直把它养大，并且还给它取了个好听的名字——温温。

　　温温长大以后，左邻右舍便都有点害怕。他们都来提醒锅扣，说狼毕竟是狼，本性难改，一不小心就会生出事端来，建议他打死算了。但是温温却偏偏温顺得像只绵羊，使锅扣根本找不到应该打死它的理由。而且有天夜里，又是温温一声不响咬翻了进锅扣家偷牛的贼人，立了大功，锅扣就更舍不得打死温温了。

　　这年夏天的一个中午，锅扣在家中赤裸上身午睡，醒来时忽然发现枕旁的席上有一滩黏液，闻一闻，有点腥臭，他一时不知道这是什么东西。擦掉以后，也没在意。可是第二天午睡之后，又发现了一摊这样的东西。锅扣便开始警惕起来。

　　第三天，锅扣假寐，耳朵紧张地捕捉着屋内的动静。终于听见一阵轻微的声响。他先是屏着气不做声，过了一会儿，偷偷从眼缝里望过去，却见温温正蹲在他的身旁，一双眼睛贪馋地看着他赤裸的肉体，大嘴张开，舌头伸出，涎水正一点点从舌头上滴落下来……

　　锅扣这一惊可真是非同小可。他毛发直立，大吼了一声："呔！"猛地跃身而起，举起枕头去砸温温。温温自然也是吃惊不小，它慌忙跳下地，风一样逃出屋去。

在这一瞬间，锅扣下定了打死温温的决心。

但是从这天开始，他却无法再接近温温了。那家伙也许知道了事情不妙，白天便不知到什么地方去躲避，直到半夜才转回家来，天亮等锅扣起身，它远远望他几眼，便又不知去向。

锅扣决定将其诱杀。但是此时的温温已显示出它作为狼的智商，它一连几次识破了锅扣往肉和饭里下毒，企图毒杀它的阴谋。从此，它便不再回家了。

几年以后，当锅扣已经把温温渐渐忘了的时候，有一天他出门一个人走夜路。当他走到一处荒凉所在的时候，突然，他觉得两个肩膀一沉，鼻子里也立刻窜进一股腥臭的味道。锅扣知道坏了，他是被狼给搭上了。作为山里人，锅扣知道此时决不能回头，一回头狼就会咬断他的脖子。惶急间，他两手抓住狼的两只爪子，用力往前拉，头拼命往后顶。他就这样背着狼往前走，他感到狼的涎水不断地往他的身上流淌。他努力坚持着，加快脚步走向村庄。

但是情况很快又发生了变化，他发现前面的路上又出现了几只狼，睁着绿莹莹的眼睛蹲在那里拦他。他一看坏了，忙把身上的狼抡起来往前使劲一扔，然后转身拔腿便逃。但是人哪里跑得过狼，眨眼狼群已经到了他的近前。他大叫了一声，就顺着一面山坡滚了下去。山坡很陡，又有石头，他滚了一段就失去了知觉。失去知觉之前他想的就是：完了，今天自己肯定喂了狼了。

后来他似乎又有了一些知觉，朦胧中他听见满耳都是狼嗥声，其中一个声音就在自己的身边，它嗥着，还不时发出一种威胁性的咆哮，甚至还有狼打架的声音。他想动，但是动不了，连睁开眼睛的力气都没有，他只好躺在那里等死。

但是奇怪，狼一直没有吃他，后来干脆连狼叫声也消失了。他感到天在一点点地亮起来。他又清醒了一点，使劲睁开眼睛，他又被吓得昏死过去。他看到了一只狼就蹲在自己的眼前，一双眼睛在贪馋地看着他，嘴巴张开，血红色的舌头伸出来，狼涎在往外滴着。他还听见了它哈哧哈哧喘气的声音。

锅扣再次醒过来的时候，发现天已大亮了，他奇怪自己竟然还活着。他再次睁眼，咦，那条狼也不见了。他挣扎着爬起来，这才看见自己的身上、脖子上、脸上，到处是湿湿黏黏的东西，腥臭气味扑鼻而来。而四周的地上，密密麻麻布满了无数狼的爪印。

锅扣使劲想了一会儿，叫了一声：温温！他好像什么都明白了。

狼　财

那时候，草原上交通闭塞，商业当然也不发达。烟酒茶糖、日用百货，全靠一些货郎贩运。这年春节前夕，就有一个贩卖鞭炮的商人行走在草原上。

这时的草原准确地说应该叫雪原，到处都是白茫茫的一片，只有几溜马蹄印指引着商人前进。他知道，在马蹄印的尽头，肯定会有一些蒙古包或一个村子。

太阳渐渐落山，草原上的光线黯淡下来，可马蹄印还在向远处伸延。商人就有点慌了。他知道，如果在天黑以前找不到一个住处，他要么就会冻死，要么就会被野狼吃掉。

正当商人绝望的时候，转机出现了，商人看见前面山脚下出现了一座房子。他加快脚步赶了过去，却发现这是三间空房，窗子用砖头插死，只有门框却没有门。商人小心地走进去，看见里面空荡荡的，地上留有一堆堆灰烬和一摊摊水印，显然，经常有人在此打尖过夜。商人想：能有这地方也算不错了。

商人想找个能躺的地方，但地上潮潮的，再说也没有门，怎么也觉得不安全。后来他看到了房桁。房桁很粗，还用刨子刨过，躺在上面睡觉肯定没有问题。商人便顺着房中间一个支桁的木柱爬了上去，接着把装着鞭炮的口袋也提了上去。商人把一切安顿好，天早已黑透了。忽然，他从门口看见远远地来了一串串小灯笼，越来越近，但见那些"灯笼"都闪着蓝幽幽的光。"灯笼"群在门外停下，发出了一阵杂乱的噪叫声。商人感到头皮发麻，他知道，自己遇到野狼群了。他吓得龟缩在梁上，大气也不敢喘。

先有一两只狼钻进屋来，它们东闻西嗅，很快发现梁上有人，一声噪叫，狼群纷纷涌进屋来，一齐朝上望着。商人吓得发抖，紧紧贴在桁上不动。

狼开始轮番向上跳跃，越跳越猛，有的爪子居然够到了梁桁，把那上面抓出了一道道沟。又有更聪明的狼去啃那根木柱，咯嘣嘣，咯嘣嘣，商人感到梁桁在颤动，他在心中哭喊：妈呀，看来今天我必死无疑了。

在危急时刻，商人忽然想到了火。他摸出身上带的火柴，"嚓"地划着一根，往下一扔，狼群立刻吓得一阵乱跳；又划一根，又吓得一片混乱。但划了几根之后，狼见他不过如此，接着又啃木柱。这时商人又想到了口袋中的鞭炮，他悄悄摸出一挂大雷子，冷不丁点燃了，噼啪乱响，火星四溅，狼群这一惊非同小可，拼命争相逃窜，转眼无影无踪。但商人仍不敢动，他在梁桁上心惊胆战挨到天亮。

天亮以后商人才发现，地上竟留下六七条狼尸，看样子是夜里急于逃命撞在墙上撞死的。商人怕它们装死，又点燃了一挂鞭炮扔过去，看看仍无动静，这才爬下来。乘着狼尸还没冻硬，他找出刀来把狼皮全扒下来。他扛起鞭炮，拖起狼皮，又走了很远的路，终于到了一个村子，结果，七张狼皮竟卖了个好价钱，比卖鞭炮赚得还多。

且说商人意外发了狼财，回去以后竟改弦更张：他买了杆猎枪，专门跑到草原上打起狼来。他打狼，是为了要狼皮，卖给城里人做狼皮褥子。他也收狼皮，低价收，高价卖，几年下来，他居然发达起来。

这年春天，草原上冰雪消融，青草泛绿，商人赶了一辆马车，又到草原上来收狼皮。他知道牧人们秋冬攒下的狼皮，现在正急于出手呢。现在他的心情非常好，半躺在车上喝着小酒，哼着小曲儿。

不知不觉又走到那座空房子跟前来了。几年过去，空房子已经倒塌，只剩下断壁残垣。商人停下马车，来到他当年发迹的地方怀旧。忽然，他发现山上有一群狼走过。狼群大概早就看见了他，但它们没有理他，一直往前走。他看见有一条漂亮的母狼走在最前面，它迈着优雅的步子往前走，神态倒像一个公主。在它后面，一条又一条公狼在忙着献媚，希望自己能得到"公主"的青睐。商人知道现在是狼发情的季节，而且这时的狼皮因为换毛，也不太好，但他还是忍不住去车上取了猎枪。他想现在可不是当年了，我用不着再怕你们了；再说把春天的狼皮和秋冬的狼皮混在一起卖，也没有人会发现的。到了嘴边的肥肉，不吃白不吃啊。

　　商人把枪支在断墙上瞄准，一声枪响，前面的"公主"一头栽倒。商人不知道，他这一枪犯下了致命的错误。如果他不打前面的母狼，而打后面的公狼，其他公狼反倒幸灾乐祸，因为少了一个竞争对手，但一旦把它们的"狼花"打死了，它们怎么会饶得过你。狼群愣了一下，马上发出一阵狂嗥，一齐向他扑来。商人举枪，一连撂倒了五六条狼，他以为狼群应该被镇住了，应该像当年那样争相逃命去了，但是没有，狼群就像发了疯一样，不顾一切地拼命扑过来。

　　这一下，轮到商人害怕了！

　　商人站起身，想上车逃跑，不想那马早已拖着马车跑远了。商人又开了几枪，但慌急之中反倒打不中狼了，而且子弹也打光了。

　　商人发出了一阵绝望的哭嚎声……

　　当再有人路过这里的时候，看到的惨相让人胆寒，商人被狼啃得只剩下几块骨渣和一摊鲜血，猎枪的枪托也被咬成碎末，连枪管也被咬出许多牙痕来……

人　威

靠近草原的山区，突然闹起狼灾来。

据猜测，野狼成群结队地出现，与草原前些天的大火有关。无情的大火不但吞噬了草场的畜群，而且也将狼群赶得无处藏身，它们只好越过塞罕坝，蹿入以农业为主的山区来活动。

开始，人们对山上不时传来的狼嗥声还感到很新鲜，有个记者甚至跑来采访，写了一篇《山区生态恢复，野狼重现山林》的文章发表在报纸上。

随后，新鲜感就变成了恐惧感。谁也没想到野狼的数目会有那样多。不止一个人亲眼看到，大白天的，野狼竟然排着队，一个咬着一个的尾巴，浩浩荡荡地从山梁上通过。

紧接着，就传来了家畜被吃、有人被伤的消息。狼的脚步似乎越来越近，每到夜晚，家家户户早早地圈好家畜，关严大门，然后便紧贴炕席躺着，静听远远近近那悠长凄厉的嗥叫声。

由于所有枪支上缴，村民无力组织反抗，狼在试探了一段时间以后，变得更加肆无忌惮。它们竟在黑夜连续进村，今天赶走了这家的猪，明天咬死了那家的羊，一时间，全村上下，谈狼变色。

村干部做出了两项决定：一是向上级报告，请求公安出面打狼；二是派老人和孩子去祭山，以争取时间。

祭山是一项古老而神秘的活动，就是由一个德高望重的老人带上孩子和贡品，到山上去烧香磕头，祈求山神保佑。贡品是由各家各户出的，有酒有肉有馒头，拜祭过后要统统扔在山上，以让山神饱餐一顿。

现在村上最合适的祭山人当然是老猎头。老猎头当然不姓猎，他过去曾是这一带有名的猎人。这些年他的营生却是放羊，他家中养着四五十只山羊和绵羊。

村长来找老猎头的时候，他正在给自家的羊圈加荆棘，听村长说明来意，他那张有着数不清多少道皱纹，也说不清是什么颜色的脸显得异常冷漠，他说："祭山？祭个鸟吧！狼那东西我知道，它会听山神的话？笑话！"

村长说："那你说怎么办？"

老猎头说："怎么办，打呗！你有种，去把猎枪给我要回来。"

村长说："这个……我怎么能办得到呢？"

老猎头便愤愤地说："那你还来找我干什么，让我去求狼啊，除非你们杀了我！"

村长碰了一鼻子灰，只好去找别人。他知道老猎头的心里窝着火呢。当年收缴猎枪的时候，老猎头曾经大闹一场，他是最后一个缴的枪。

村里祭过山神以后，狼灾丝毫未减。这天早晨，突然听见老猎头大喊大叫，人们跑去一看，原来是老猎头家的羊圈夜里进了狼，大概是狼咬顺了口，也许狼知道老猎头是它们的克星，所以竟把他家的羊咬死了一大片。

老猎头两眼通红，他挥舞着钢叉，冲着山上一阵恶毒地咒骂。

谁知骂完之后，老猎头反倒平静下来了。他也不去管死了的羊，却找出一块三尺见方的木板，动手对木板又刨又凿，谁也不知他要干什么。后来那木板被他刨光，又在上面凿出两个孔，然后他扛起一柄钢叉，揣了一把利斧，背上一些干粮和水，就要进山去。

村长在村口拦住了他："老猎叔，你不能进山啊！"

老猎头眼中闪动着阴冷的光："你让开！我进山是找我的亲戚，老相好，你管得着吗？"

"老猎叔，现在的狼是保护动物，不让杀的。"

"谁说我要杀它了！我要让它们知道，人不是好惹的！再说，我犯法我去蹲监狱，和你没关！"

老猎头说出的每一个字，都像扔出的一块石头。

老猎头进山三天，没有任何消息。村里人都说，他肯定被狼吃掉了。但是到了第四天，却见他风尘仆仆地回来了。他背着的一条口袋里鼓鼓地不知装了什么活物。等他打开，所有人都被吓得叫起来：天哪，那是几只狼崽子！

村长急得说："老猎叔，你怎么，还怕狼不进村呀！"

老猎头说："你甭害怕，今晚按我说的办！"

当天下午，老猎头让人帮他在后山坡上挖了一个坑，晚上，他把狼崽子放进去，自己也跳了进去；然后把那块凿了孔的木板盖在上面。天一黑，他便在里面把狼崽子弄得直叫。

但听一阵阵狼嗥声近了，一条母狼迫不及待地冲过来，在那块木板上面嗅着，两爪扒着，一不小心，它的一条腿便伸进了一个洞里。老猎头在里面一把抓住，并拿绳子捆住；母狼挣扎，另一条腿又伸进了另外一个洞里。老猎头又抓住，将两条狼腿捆在一起，这时他推翻木板跳出来，抓着狼腿把木板背在背上，任母狼怎样挣扎嗥叫，也是无可奈何。老猎头怀抱狼崽子，背着母狼，一阵风似地下山，把母狼和狼崽一齐放在村边的一个空场上。

这下更热闹了，又是母狼嗥，又是狼崽叫，但见群狼排成排，一齐赶来营救。陡然，在狼群的周围，几堆大火腾空而起，照得空地如同白昼。但见火光亮处，村民纷纷手持钢叉棍棒，敲着锣鼓，燃起鞭炮，齐声呐喊。群狼乱作一团，抛下母狼和狼崽拼命逃窜。

这时老猎头走上前去，咔咔两刀，砍断了绑着母狼的绳子，母狼翻身爬起，恐惧地看着人群，竟一口叼上一个狼崽，又用尾巴赶着其他几只狼崽，在人们的呐喊声中和众目睽睽之下急急而去。这边，老猎头突发一声怒吼，"嗨"地将钢叉深深刺入一棵树中。

第二天，狼群奇迹般地撤离了山区。从此，这里再也没有出现过狼患。

猎　神

　　省射击队的几个小子这天突发奇想，要到遥远的山里去过把打猎瘾。他们开了一辆车，曲里拐弯终于来到一个小山村，通过关系找到一位老猎人做向导。

　　老猎人的确很老了，他已有多年没有打猎，但他架不住几个小伙子的软磨硬泡。他们极力吹捧他，说他们在省城就听说了老猎人的大名，百闻不如一见，他们今天是特地来拜师学艺的。

　　老猎人的心终于被崇拜所激活。他从什么地方摸出一杆老洋炮，擦了又擦；又从什么地方掏出一把生锈的猎刀，磨了又磨。他们上路了。

　　山路崎岖，老猎人虽脚步稍显迟钝，但毕竟轻车熟路。一会儿工夫，几个小子已经大汗淋漓。看看走出十多里的样子，但仍没有看到一根猎物的毛。

　　"不行了，山穷了。"老猎人说，"你们看这林子越来越小，要是原先……"老猎人的脸上写满回忆和无奈。

　　又往前走，山势越来越险要，树也越来越多，路反倒断了。

　　"留神，该出货了。"老猎人说。

　　几个小子便从肩上摘下枪——是那种打飞碟用的双筒连发枪。他们偷偷带出了两支。现在他们紧张地看着四周，多少有点像鬼子进村，老猎人看看他们的模样和他们的枪，不由笑了一笑。

冷不防，树丛间扑棱棱飞起十几只沙鸡。老猎人未及举枪，但听耳畔早有一阵清脆的枪声响起。其中的两个小子根本不瞄准，手不停射，却见空中的沙鸡一只又一只栽下，直至全部消失。老猎人目瞪口呆：他打了一辈子猎，也没见过这等好枪法和这样好的枪。他直呆呆地站着，口中喃喃道："你们还说拜我为师，还说拜我为师……"他怯生生地收了洋炮，转身欲走。

几个小子拼命劝住，并拼命进行自我贬低。老猎人最后叹口气道："今个我算碰上神人了。也好，我就光管给你们带路吧。"

他们在山上转了大半日，收获颇丰。望着成堆的猎物，老猎人眼中充满钦佩，他竖起大拇指对几个小子说："真有你们的！我年轻时要有你们这枪的准头儿，可发大财了。"

几个年轻人不由飘飘然起来。不自觉间，对老猎人的态度已有些轻慢。

夕阳西下，他们满载而归。正行走间，老猎人忽然停下，并示意他们隐蔽。他紧张地谛听什么动静，鼻子也猎狗般地嗅着，最后还是摇摇头，自言自语道："不能吧，不能吧?"

几个小子便有点不恭起来，纷纷笑道："鬼吗，老头儿见着鬼了吧?"

正说话间，路边的矮树丛一扑一摇，猛地钻出个黑咕隆咚的庞然大物来。它呼哧呼哧地喘着粗气，人一样站起来，傲慢无礼地挡住了去路。

熊！

几个小子"妈呀！"一声惊叫，扔下猎物，转身就跑。却听见老猎人惊天动地一声大喝："都别跑！站到我身后来！"

老猎人一下挺直了腰板，铁塔般站着不动。他的眼睛紧紧盯着熊的眼睛。熊试探地往前走了两步，老猎人竟也往前走了两步。他忽然举起老洋炮，"嗵"地朝天打响，接着拔出猎刀，毫不退让地和熊对峙着。

几个小子见了，慢慢转回来，和老猎人站到一起。"别伤它，也别后退，挺住！"老猎人喊着。他的镇定和勇气立刻传染给了那些小子们。

熊在那里猛喘粗气，又嗷嗷叫了两声。见对方毫不退让，又刀枪并举，反倒害怕起来。它慢慢往后退着，终于转身，逃进树丛里面去了。

　　所有的人都松了一口气，接着发出一声欢呼。几个小子冲上前来，团团把老猎人围住。他们眼里都含着泪，纷纷喊道："老人家！多亏您了！您不愧是真正的猎人！"

　　他们简单商量了一下，一齐跪下，虔诚地拜老猎人为师。

　　他们把师傅抬起来，唱着歌向山外凯旋。

猎　兔

　　我和大罗、小齐决定去猎兔。

　　我们去猎兔，理由有三条：第一，好玩；第二，据说野兔肉特别的香；第三，哥几个也可乘机聚聚。

　　一大早，我们就乘车出发了。

　　距城五十多公里，是一片沙漠，当地人称之为沙窝子。过去这里寸草不生，这些年保护环境，沙窝子里也出现了草地树丛。因为平日人迹罕至，这里就成了野兔的乐园。兔爷兔奶兔爹兔妈兔子兔孙就在这里热热闹闹地繁衍生息，自得其乐。

　　要说野兔倒霉，那就倒霉在大罗身上。前不久，那家伙开车载着他的情人到这里打野战，意外发现这里兔子多多，所以才有了今天的行动。兔子朋友们，你们的好日子到头了。

　　猎兔的过程其实并不怎么浪漫。兔子们好像提前接到通知似的，早已逃之夭夭。大罗说："这真是怪了事了。上次我来的时候，它们好像不怎么怕人哩。"我说："上次你没带枪，打的对象也不是它们嘛！"小齐说："他怎么没带枪，不过不是气枪而已。我听说，野兽都对枪有特殊的敏感呢。"我们放肆地笑着，各自装好子弹，开始分头行动。

　　进了沙窝子才知道太阳的威力。上面晒着，下面烤着，就像一下子进了火炉。我手提气枪，虾着腰，鬼子进村一样东张西望。翻过一个沙丘，又翻过一个沙丘，可就是不见兔子的踪影。

鞋里灌满了沙子，汗水湿透了衣服。小半天时间过去，三个人碰了面，一个个东倒西歪，丢盔卸甲，可连根兔子毛也没打到。

我们就开始埋怨大罗，大罗就起誓发愿。我们又仔细商量了一回，决定采取最笨的办法：分头藏起来，给它来个守株待兔。没想到这招还真的奏效了。

我们潜伏了一段时间，野兔们以为天下太平了，便一个个小心翼翼走了回来。这样，就有两只倒霉鬼撞到我的枪口上了，大罗、小齐也各打了一只。太阳压山，我们胜利凯旋。

天黑了，离城越来越近了。忽然有个问题摆在了我们的面前：三个人，四只兔子，怎么分配呢？还没等我开口，大罗已经说话了："两位兄弟，兔子呢，我就不要了。你们每人两只吧。"一听大罗风格如此之高，我也赶紧说道："不可不可，还是你们每人两只吧。"小齐一听，也开始推托起来。

我们三人就这么推来推去，最后把大罗推火了。他说："不就是几只破兔子吗！我看算球，咱谁也别要，扔了它吧。省得影响弟兄们的感情。"

我和小齐一致同意大罗的英明决定。

我们下了车，从后备箱里拎出了那四只血淋淋的兔子，喊了声一二，就把它们丢到路边的树丛里去了。我们满载友谊，空手而归。

我们接着去了饭店，大喝友谊之酒。

歪歪斜斜进家，本想倒头就睡，忽然想想不对。那么好的四只兔子，又是费那么大的劲打的，怎么说扔就扔了呢！不行，绝对地不行。

于是飞身下楼，打的来到城外。远远的，车灯就照出了路边的一辆车。我的天，那不是大罗的车吗！想回避，却又想看笑话。下车看见树丛里手电光明灭，就听大罗说："宝贝，明明就扔这里了嘛，怎么就没了呢。"一个女声则说："没准是让你那两个哥们拿走了吧。"只听大罗叹了口气："唉，也说不定啊，人心隔肚皮啊！"

我听出是大罗和他的情人，为了维护自己的尊严，我马上接口说道："哎，我刚到，我可是没拿啊！要拿也是小齐拿了。"大罗和情人显然吓了一跳，没想到吓一跳的事情还在后面，就听小齐的声音在树丛后响起来："哎，我说，我虽然早来一步，可我也没找到啊！你们怎么这么说话呢！"

　　我们一时全都尴尬住了，幸亏有夜幕的掩护，我们才看不到各自的表情。

　　我们的心都空落落的，人人都在后悔：早知如此，何必去打兔子呢！

女大学生宿舍的虱子

　　两个男生到 502 女生宿舍串门，无意间发现地板上有个小小的黑家伙在爬，抓起来一看，天哪，居然是个虱子！

　　哇噻！都什么年代了，这种和肮脏落后联系在一起的东西，怎么会出现在大学校园里，尤其是，它怎么居然会出现在天使般的女大学生的宿舍里！奇闻哉，丑闻哉！

　　两个男生一不小心说出了那个吸血鬼的名字，然后又把这个"罪犯"放在光溜溜的桌面上，反复欣赏了一番以后，才起身告辞。一时间，502寝室的所有女生都感到了空前的羞耻。

　　寝室长吴毛毛简直有点恼羞成怒，她上前用力把门砰地关住，反锁，然后她大声地说："真是太丢人了！现在就开会，追查！今天豁上不睡觉也要查清楚，这个虱子到底是从谁身上来的。"

　　寝室的气氛立刻紧张起来，八个女生在互相打量一番以后，最后把目光齐齐锁定在下铺的李月和王晓云身上。因为第一，她俩离发现虱子的地方最近；第二，她俩是农村来的，农村来的嘛……

　　首先是胖胖的李月做出了反应，她说："你们看我干啥，我身上才没有虱子呢！不信你们来搜呀，搜出来我死都可以，可要是搜不出来呢？呜呜……"她竟然哭了起来。

大眼睛的王晓云可没那么好惹，她说："我说你们有点歧视心理对不对？我们农村怎么了，如今一点不比你们城里差，虱子在我们那里早绝迹了！我可是听我妈说过，以前你们城里的知青到我们那里去下乡，身上的虱子是一串一串的！你们谁敢保证，城里人身上现在就没有虱子？谁敢保证请站出来！"

大家讪讪地收了目光，又开始看另外两个下铺孙小妹和刘菲菲，这两个人虽然来自城市，但一个是来自少数民族地区的城市，一个则是来自偏远山区的县城，王晓云说得对，谁敢保证城里人身上没有虱子呢？

这两个人的反应虽没那么强烈，却也表现得大义凛然。孙小妹哗地打开了被子，又啪地打开了衣箱，她说："什么也不用讲，你们查吧！"刘菲菲则说："如果查不出来算不算侮辱人格？"

天下最小的官吴毛毛碰上了天下最小的但是最棘手的案子，她一时不知怎么办才好，她和其他人的目光又开始移到别的女生身上，但每一个女生都信誓旦旦地说：虱子绝对和自己无关！最后吴毛毛无奈地挥了一下手说："既然没有人肯承认，那只好挨着个检查了，先从我开始，来吧！"

于是人分两组，一个一个地开始仔细搜查，被褥、枕头、衣服，统统都不放过，一直忙了大半夜，可她们连一个虱子毛也没有发现。

这就是说，502寝室的女生们是清白的，无辜的，是被侮辱和被损害的。

大眼睛王晓云说："现在我怀疑，这个虱子有可能是那两个男生带来的，目的就是羞辱我们！寝室长，我建议必须马上把他俩揪来，还我们清白！"

吴毛毛点点头，立刻带了两个女生来到男生宿舍，把他们的寝室长从睡梦中叫醒，并代表502寝室对那两个男生提出强烈抗议。男寝室长一听，火了，立刻把宿舍的灯打开，把那两个家伙从床上拉起来。两个家伙立刻大喊冤枉，他们说："我们到哪里去弄虱子来呢？"这个问题虽然是个问题，但并没有难倒男寝室长，他让大家统统起来，就在女生代表的监督之下，仔细检查了两个男生的床铺、衣服，在一无所获的情况下，又扩大搜查范围，将所有男生都过了一遍筛，但是……

这真是奇了怪了！这个虱子到底是从哪里来的呢？是从天上掉下来的吗？是 502 寝室固有的吗？不是，当然不是！那么……

两个寝室半夜三更捉拿虱子的大规模行动也惊动了别的寝室，住在别的寝室的班长到底技高一筹，他问吴毛毛："那个虱子在哪里，拿来我看一下。"

吴毛毛立刻找来了那个封存寄生虫的纸包，可当她打开后，却发现里面什么也没有，大家都傻眼了。

班长笑了笑说："我看就当它真的没有存在过吧！或者说，它有可能是一种类似虱子的虫子。我要说的是，为什么这么个小东西就弄得我们草木皆兵，人人自危呢？"

是啊是啊，这是为什么呢？这一夜，许多大学生都失眠了。

去找战马墓

　　父亲退休的第二天，就开始收拾行囊，准备进山去寻找战马墓。妈妈拦不住，就打电话把我们几个子女都叫了回去，希望我们一起来阻止父亲的行动。

　　我们几兄妹各出奇招，有的硬劝，说你疯了，这么大岁数了还要冒险进山去找一堆马骨头；有的撒娇，说爸爸我们可离不开你；有的则悄悄把父亲的行囊藏了起来。父亲被我们缠得没办法，他说："好吧，那我们现在就开个家庭会议，我把情况给你们讲一讲，如果说不服你们，那我就不去了。"

　　我们都坐下来，以嬉笑的神情面对父亲，看他能说出什么天花来。

　　父亲沉默了一会儿，以忧伤的语调开了头："孩子们，当年你们的奶奶，还有我和你们的叔叔、姑姑们也是这样阻止你们的爷爷的。爷爷一生最大的憾事，就是没能进山去寻找战马墓。他临死的时候，还拉着我的手，断断续续地说着两个词：大榕树、战马墓。

　　后来，我在你们的爷爷的回忆录中，才真正了解了事情的真相，我一直都在后悔当初不应该千方百计地阻拦他。

　　你们的爷爷原是第四野战军一个骑兵连的连长，咱家里不是有一张他骑在马上的照片吗，那真是威风凛凛，而且他也是战功赫赫的人啊！后来，骑兵连随军南下，那些驰骋中原的战马，到了南方就有点不适应了。它们吃草拉稀，身上早已好了的伤口又开始溃烂。越往南走天气越热，许多战马都病倒了。为了不影响行军速度，战士们只好忍痛把病马一匹匹放开，让它们去自寻生路。你们知道吗，骑兵和战马的关系那就是生死与共的战友关系啊，一旦要分开，而且又是永别，那种心情是何等的难受啊！但是难受也没办法，最后就连你们的爷爷那匹最好的战马黑旋风，也不得不放掉了。爷爷抱着马头哭啊，真是肝肠寸断。随着战马一匹匹减少，最后骑兵连几乎成了步兵连。战士们硬是凭着两只脚板，每天以一百多公里的速度往前走。就在他们走进广东地面，每天在深山老林里穿行的时候，有一天，他们遇上了一桩奇事。

这天他们正在一棵大榕树下休息，前面再次响起了继续行军的号声，这时他们突然听见，后面传来了一阵雷鸣似的脚步声。当时他们是殿后部队，后面开来的是什么人呢？你们的爷爷一声令下，战士们立刻做好了战斗准备。随着脚步声越来越近，战士们瞄准的眼睛全都瞪大了。你们知道他们看到了什么？是一群战马！就是他们骑兵连那些陆续放掉的战马。它们在黑旋风的带领下，循着军号声追赶部队来了。

当时的场面你们想象一下，肯定是感天动地的。你们的爷爷在回忆录中写道：我一眼看见，黑旋风就跑在马群的前面，就像我过去骑着它带着骑兵连冲锋陷阵一样。我和战士们一起呼喊着战马的名字，迎着马群飞跑过去，抱着马脖子哭啊喊啊。黑旋风打着响鼻，眼中泪光闪闪，它还伸出舌头来舔我的手，看样子真想跟我说说话啊！可是忽然间，黑旋风却慢慢地倒了下去，所有的战马一匹匹都倒了下去。这时我们才看到，天啊，战马们一个个都骨瘦如柴，而且它们的身上几乎都烂得露出了骨头，它们就是凭着最后一口气，翻山越岭来追赶部队的啊！它们瞪着的眼睛好像在诉说：就是死，也要死在部队上，死在主人面前！我们的战马，它们是多么勇敢，多么忠诚啊！

战士们呼喊着，痛哭着，最后在大榕树下挖了一个大坑，把所有的战马埋在了一起。我对战士们说，这棵大榕树就是记号，等到全国解放了，我们活下来的人一定要找到这里，为它们重新修墓……

你们都知道，爷爷作为南下干部，后来就留在了南方工作，一干就是几十年。作为一个地地道道的北方人，他克服了重重困难，硬是把根扎在了南方的土地上。开始是忙，接着又被打倒，等他重新出来工作，身体就不行了。这时他就开始张罗进山去找战马墓，但是每一次都被我们给拦住了。我们打着关心他的旗号，却使一个老战士的毕生愿望一直无法实现。真是罪过啊！"

父亲讲完了，我们久久陷在一种神圣庄严的氛围中不能自拔。最后我上前对父亲说："爸爸，我现在决定陪着您一块进山去。如果我们俩一下子没有找到，还有我的兄弟姐妹，还有我们的孩子，咱们可以一代代地找下去，直到找到为止。这，不仅是为完成爷爷的心愿，而且是为找回更多更多的东西……"

人王　虎王

结　仇

百虎围村那年，武刚子十六岁。后来他才知道，上百老虎敢情是冲他来的。

那时候，武刚子正在地窖里逗一只小老虎玩呢。这虎崽是他几天前上山抓到偷偷抱回来的。武刚子爱死了它那虎虎有神的样子，就把它藏在地窖里。他给它取了个名字叫花花，他给它好的东西吃，他还硬着心肠用铁丝穿过它的一只耳朵，给它做了个耳环或说打了个记号。武刚子正玩得高兴，忽听外面人喊马嘶，锣鼓齐响。他跑出来一看，全村都乱了套：牛啊羊啊不管不顾地直往院里和屋里钻，狗也夹着尾巴到处藏。不知是谁的声音在空气中劈裂开来："老虎围村啦——！"

武刚子冲出院子，他看见爹爹武志松正举着猎枪朝天上开火，不少人正围在他的身边敲击锣鼓钹，还拼命地喊叫。他再往村外一看，哎呀妈呀，黄乎乎的不知有多少只老虎在村外蹦跳吼叫，天和地好像都在颤抖着。

武刚子听见许多女人的声音在哭泣，边哭边悲惨地叫着："老天爷啊，这是怎么了啊，难道老虎疯了吗?"

武刚子天生胆大，他勇敢地看过去，发现老虎们并没有疯。它们组织有序，就在村外几百米的地方活动，并没有马上进攻的意思。他还注意到东山包上蹲着一只大个子老虎，它好像在用吼叫声指挥战斗。

武刚子看见爹爹也在挥着手讲什么，然后人们就分成一队一队的，手持长矛大刀猎枪守在各个路口，锣鼓家伙仍在不停地响着，甚至有人点燃了鞭炮。可是老虎似乎并不害怕，他们不攻也不散，就那么和全村人对峙着。

黑夜来了，村人燃起了几堆大火，但是老虎仍在近处吼叫着。天亮以后，大家看到老虎的数量又有增加，它们把村子围得铁桶一般，吼叫声已经开始变得不耐烦起来了。

村人们一个个哆哆嗦嗦的，开始研究老虎为什么围村，这可是千年万年也没有过的事啊！有的说老虎是被人打急了，这几年到处都成立打虎队，咱村的打虎队，在武志松的带领下已经打死十多只老虎了。有的说不对，人有三分怕虎，虎有七分怕人，如果不是摘了它们的心肝，它们肯定不会这么兴师动众前来挑战。这时武志松就问："这一说我倒想起来了，大家赶紧互相问问，有谁这几天掏了虎崽什么的没有？"

武刚子是第二天下午才把花花抱出来的。这时候他的脸和屁股都遭到了爹爹的沉重打击。武刚子抱着花花走向村外，全村人都在后面严阵以待。武刚子看见虎群一下安静下来，他感到世界霎时变得一片死寂。他走出两百米放下花花，一边倒退着往回走，一边看着花花步履蹒跚地跑向虎群。

大个子老虎一声吼叫，虎群开始撤退。

全村人都松了一口气，又守了一会儿，天黑了，大家就纷纷回家睡觉。

惨剧是午夜时分发生的。武刚子睡得迷迷糊糊的，突听外面好像刮起了风暴，接着就是牛猪羊狗的惨叫声。武刚子趴到窗上，看见月亮地里正有两只老虎跳进他家的院子，一个一口叼起了他家的猪，一个一口咬住了他家的驴。这时武刚子听见房门哗啦一声开了，他爹武志松的高大身影一下出现在院子里，他怒吼一声，一枪打倒了一只老虎，又飞出一把锋利的斧头，砍翻了另一只老虎。武刚子正要拍手叫好，却听见一声霹雳般的吼声响起，随后一条巨大的黑影从院外飞来，一下子将爹扑翻在地。武刚子随后看清了，这正是白天坐在山包上指挥群虎的那只虎王，只见它两眼像灯笼，大口如血盆，一下咬住爹的脖子，头一摆，就将爹背在了背上，一纵身，已经飞出院外去了。

爹爹被虎王叼走的整个过程也就是几秒钟，留给武刚子的却是终生不灭的记忆。而且他后来一直都在努力回忆，爹被扑倒时好像喊了一声什么，但是他却没有听清。他本来想追出去的，但是娘却死死抱住了他，并拼命地插上了门。

天亮很久以后人们才敢出门，这才知道全村所有人家的牲畜几乎被洗劫一空。人们还在后山上找到了武志松的一只鞋和一块腿骨。

武刚子久久跪在埋有父亲一只鞋和一块骨的坟前，他觉得心中正有一颗仇恨的种子在慢慢发芽。一夜之间，武刚子觉得自己长大了。

复　仇

武刚子是三年以后继承了爹爹的遗志，当上打虎队队长的。十九岁的他已经长得像他父亲一样高大，而且因为仇恨在胸，他显得比父亲还要威猛。这三年之中，他已经熟练掌握了各种猎虎技巧，死在他手中的老虎已经有二十多只了。

三年间，武刚子一直都在寻找那只吃了他爹的虎王，但他一直没有找到。不过随着山中老虎数量的锐减，武刚子觉得他离虎王的距离越来越近了。

这天，武刚子去县里参加打虎英雄表彰会回来，把县长亲自发给他的奖状贴在墙上，就让娘给他准备干粮，说他明天还要进山。

娘说："儿啊，我看这虎也打得差不多了吧。你英雄也当了，仇也算报了，就不要再去了。"

武刚子说:"娘,不杀了那虎王,怎么算给我爹报仇呢!不行,啥时打死它,啥时我才歇手呢!"

武刚子带着他的打虎队,又向山里进发了。他们刚出村,就发现村外的许多庄稼又被野猪毁坏了。现在虎少了,野猪又开始兴妖作怪了。就有人对武刚子说:"队长,不如我们今天先打野猪吧。"武刚子说:"打虎队怎么能打猪呢!等打完老虎,杀了虎王,我们再来对付它们吧。"

众人就嘟嘟哝哝地说:"现在已经没有多少老虎了,打虎队也不能眼看着野猪害人吧。"武刚子被他们说得火起,他说:"那好吧,那今天你们就留下来打野猪吧,我一个人找虎王去!"

武刚子在山里转了两天,真的没有打到一只老虎。有种种迹象表明,遭到人类沉重打击的老虎,已经向更深、更远的山中转移了。

武刚子看看手中的猎枪,摸摸腰间的猎刀,扶扶背上的弓弩,他感到心有不甘。一个声音在提醒他:"走,往更远的地方走,一定要找到虎王,杀死它,这样才有个了结!"

武刚子又往山里走了两天,他终于在一座大山上发现了一堆新鲜的虎粪。武刚子周身的每一根神经,立刻变得兴奋起来。

武刚子先找到了个树洞,钻进去睡了一觉,然后他吃一块虎肉,喝了一肚泉水,他开始行动了。他挖陷阱、设圈套、架弓弩,在他认为老虎必到的地方都布下了机关。这时天已经黑了,他又爬到树上去睡觉了。

夜里,他果然听见了虎啸之声,而且,从声音中判断,这山上至少有三四只老虎。最叫他兴奋的是,他听出其中的一个声音好像是虎王。当年这家伙的叫声给他留下的印象太深刻了。

天亮了,武刚子跳下树来。他很快发现,他的弓弩已经射杀了一只老虎,绳套套住了一只老虎。那家伙见他来,拼命吼叫挣扎,武刚子一枪便要了它的命。武刚子正要重新装子弹,突听炸雷般一声狂吼,山崩地裂,日月无光,一只巨大的斑斓猛虎出现在他的前面:它眼如灯笼,口如血盆,头上的一个王字,在晨光之中显得格外鲜明。

啊!虎王!我终于找到你了!武刚子奇怪自己怎么一点也不害怕。他先把没有装子弹的猎枪朝它扔去，在它躲闪的当儿已经抽刀在手。"来吧！"武刚子喊，他感到爹就在他的身后帮他。"来吧！"他大声地叫。

虎王将两只前爪在地上捺了捺，长啸一声，铺天盖地向武刚子扑来。武刚子将身一纵，早已闪到一棵树后。那虎扑了个空，转身又扑，武刚子再躲到石后。虎王气得咆哮如雷，奔跑着到石后抓他，武刚子却又跳到了石头顶上。其实虎和人比，肯定没人灵活。如果人不怕虎，与之周旋，那虎就很难捉到人。且说那虎几番捉不到武刚子，早气得乱了方寸。武刚子捉个破绽，将锋利的猎刀，一下从侧面插入虎王的腹部，他将猎刀一拧一搅，然后拔出，他看见虎王的鲜血喷泉般涌出，它狂吼一声，一直滚到山下去了。

武刚子这时才觉全身瘫软，他正要坐下来歇息，却又听见一声惊天动地的吼声，一只和虎王差不多大小的老虎突然出现在他的眼前。武刚子仓促应战，却觉得浑身已经没有多少力气，他喘息着，把刀锋对着老虎，心说今天此命休矣！

人和虎对峙着，一秒钟都显得无比漫长。武刚子忽然发现，这只虎的耳朵上戴着一截铁丝。"花花！"武刚子叫了一声，在那一刻，他真想放下刀扑过去。这可是他亲手养过的花花呀！

只见那虎好像也认出了他，它慢慢收了架势，朝他吼了一声，猛地转过身，向林间蹿去。蹿出好远，还回头看了武刚子一眼。

武刚子瘫坐在地上。

寻 亲

仿佛只是一眨眼的工夫，五十年的光阴就过去了。

武刚子如今已是七旬老翁，走路都要拿根拐杖了。

这位当年的打虎英雄，不知从什么时候开始，却在人们的心中走向了反面。大家看他的眼神，不再充满敬畏，而是夹杂着谴责甚至是仇恨，他不止一次听见有人在他背后窃窃私语："就是他带人把这一带的老虎赶尽杀绝的，什么英雄，简直就是愚昧啊！"

武刚子经常被气得浑身发抖，他抓住一切机会向人们宣传和解释：当年他们打虎也是被迫的。那老虎不断伤人，今天叼走了这家的娃，明天又吃掉了那家的牛，甚至成群结队地围村，不打怎么能行呢！

但是不管武刚子怎么解释，人们看他的眼神还是有点古古怪怪，仿佛他真的是个什么凶手似的。

武刚子很痛苦，他经常在村头的树下一坐就是一天，他在仔细地回想当年的那些事情，想着那些事情到底都是怎么发生的。

有一天，他终于想明白了，当初人和老虎战得那么激烈，刨根寻底，开头的责任还在于人。他记得那年大炼钢铁，成群结队的人涌到山里，大肆砍伐山林当柴烧；山上没了树，随后又被开荒种地，本该是野兽的领地就这样被人强占了。接着，没东西吃的野猪什么的就来吃庄稼，人不让，就打野猪。野猪少了，老虎没了吃的，就下山吃家畜，甚至吃人……对，事情就是这么勾扯连环，循环报应的。如此看来，自己当年那么仇虎、杀虎，也的确是有点过分了。

而且如今因为山上没有了老虎，野猪又泛滥成灾了，狼也开始猖狂起来了。如果山中有老虎的话，这种情况是不会出现的。武刚子很奇怪自己当年怎么就一点也不明白这些道理呢！

武刚子想明白了这些，就把当年那些打虎英雄的奖状都撕掉了。

这天武刚子看电视，他看到一则农民拍到老虎成为英雄的消息。尽管后来这消息又变得扑朔迷离，真假难辨，但这却使武刚子大大地兴奋起来。他马上就想起了花花，想起了那个曾被他疼爱、被他放掉、后来又放了他一马的花花。武刚子清楚地记得，花花是一只母老虎，是母的就能生崽。虽然花花肯定早就死了，但是它的后代难道就没有一只留下来吗！

武刚子又想起了花花跑向树林回头看他的眼神，那眼神充满幽怨、充满祈求，充满了许许多多说不清道不明的东西。正是这眼神使武刚子从那以后再也没有打过老虎。为了花花，他彻底洗手不干了。

这天，武刚子把他的儿孙们都召到了一起，他向他们宣布了自己的一个重大决定：他要进山去找老虎。他对儿孙们说："第一你们不要拦我，拦我也没有用；第二你们也不要去找我，等我找到老虎，或是发现了老虎，我会自己回来的。"

第二天，老猎人武刚子真的进山去了。不过他没有带刀，更没有带枪，除了必备的东西，武刚子只带了一把小铁镐。这铁镐既可以防身，又可以随时挖坑种树。

武刚子扔了拐杖，大步流星地往山里走去。他尽力挺直腰板，以便让站在村口的儿孙和村人看到他还不老，还是风采依旧。

转眼，武刚子已经进山半个多月了，他还没有回来。人们在进行着各种猜测：有的说他已经发现了虎踪，正在乘胜追击；有的说他连根虎毛也没有发现，他很绝望，不想再出山了；还有的说他遇上了狼群，被狼吃掉了……

武刚子的家人更是忧心如焚。他们听说有时小孩子的话很灵验，就去问武刚子的一个年仅三岁的孙子："你说爷爷啥时回来啊?"小孙子说："快了，他快回来了。爷爷是骑着一只大老虎回来的。"家人大惊，信以为真。他们就一天又一天地盼望着。

所有的人都在盼望着。